ナイスキャッチ！

III

横沢彰 作
スカイエマ 絵

新日本出版社

ナイスキャッチ！　Ⅲ／目次

1――堂島先輩《どうじませんぱい》

部活を始めたころは、くっきりした濃《こ》い青空だった。それが、いつの間にか、色を落とし、天までつき抜《ぬ》けるような透明《とうめい》な空へと姿を変えていた。西に視線を送ると、黒くなった山並みの上には、徐々《じょじょ》に赤みを加えたあかね色が広がっている。

すっかり秋の空だと、こころは思った。バッティング練習を終えて、バットを置き、澄《す》んだ空気を胸一杯《むねいっぱい》に吸《す》い込《こ》む。短く切った髪《かみ》の先から冷たい汗《あせ》が、ほおをひんやりと濡《ぬ》らした。

「ラスト、ピッチング練習に入れ」

顧問《こもん》の小田原《おだわら》先生の指示で、こころと哲平《てっぺい》はブルペンに向かった。

ブルペンのマウンドに哲平が立つ。こころがプロテクターを付け、マスクをかぶってキヤッチャースボックスで構える。ミットを開いて哲平《てっぺい》に向けた。

哲平がそのミットをにらんで、投球動作に入った。哲平の指先から球がはじかれるように飛び出す。球がうなる。冷たい空気を切り裂《さ》いて走ってきた。こころは、構えたミットをいったん下ろして脱力《だつりょく》する。飛んでくる球をミットの腹にぶつけるようにして、つかみにいった。ズバンッ。気持ちのいい音が、グラウンドの土の上にすべるように広がった。

「ナイスピッチングッ」

こころは、声を上げて、哲平に球を投げ返した。

哲平は表情も変えず、グラブで球を受け取り、帽子《ぼうし》のつばをぐっと下げた。

（調子がいいんだ）

こころは哲平を見て、思う。哲平は調子がいいときほど、マウンド上で表情を見せない。球も走っている。調子がいいときの哲平の球は、生きている。ミットを通して腕《うで》から腹の底まで、哲平の魂《たましい》が伝わってくるように思えた。キャッチング技術は、まだまだへたくそだ。何度もこぼしてしまうけれど、哲平の勢いある球を怖《こわ》いと思うことはなくなっていた。それどころか、哲平の生きている球を受けるのが、好きになっていた。

「ずいぶん上達したな」

堂島先輩《どうじませんぱい》がこころの後ろに立って言った。

「あ、松葉杖《まつばづえ》、いいんですか？」

こころは、堂島さんを振《ふ》り返って、言った。

「いま、医者から戻《もど》ってきた。ギプスやっとはずしたよ」

堂島さんは笑顔《えがお》を見せた。

「おめでとうございます」

思わずこころが、言った。

「おめでたいのかな。まあ、そうだな」と、堂島さんが笑った。

「先輩っ」と、マウンドの哲平《てっぺい》が大声で叫《さけ》んだ。

「治ったんすかっ」

「ああ、まだ完全じゃないけどな」

「やったあっ」

哲平がマウンドからかけてきた。

他の部員も声を聞きつけて、堂島《どうじま》さんの周りに走ってきた。

「もう痛くないのか」

「走れるんか?」

「試合はどうなんだ?」

堂島さんは、みんなから質問《しつもん》攻《ぜ》めにあった。

「まあ、少しずつならしていこうと思う」

みんなに囲まれて、堂島さんは恥《は》ずかしそうに答えた。

「キャッチャーやってみろよ」

だれかが言った。堂島さんはえっと、驚《おど》いたような顔をした。

「あ、ど、どうぞ」と、こころは自分のミットをはずして、堂島さんに差し出した。

「え、じゃ、ちょっとだけ……」

と、堂島さんは遠慮《えんりょ》がちにミットを受け取った。ミットをはめて、右手のこぶしを二回ぶつけた。

「いいミットだな」

堂島《どうじま》さんがミットをじっと見てから、こころに目をやった。

「あ、ど、どうも……」

急にミットをほめられて、こころはどぎまぎして赤くなった。

哲平《てっぺい》が急いでマウンドに戻《もど》り、堂島さんはキャッチャースボックスに立った。右足首を気遣《きづか》いながら、そうっと、しゃがんでいく。まだ完全には足首が曲がらないらしく、ぎこちなく右足を横に出す格好をして、堂島さんは構えた。堂島さんのキャッチングを見ようと、わきや後ろにみんながやってきて、立った。

「じゃ、思いっきりいきますよ」

哲平が張りのある声で、言った。

「おうっ」

堂島さんがすごみのある声を出した。空気が変わった。

哲平が腕《うで》をしならせて、直球を投げ込《こ》んだ。

（速いっ！）

投げた瞬間《しゅんかん》に、こころは思った。全力投球だ。

矢のように刺《さ》さってくる球を、堂島《どうじま》さんのミットは、いきなりがばっと開いて飲《の》み込《こ》んだ。ズバーンッ。ものすごい音がした。

（す、すごい……）

こころは、目を見張った。球の威力《いりょく》を引き出す捕球音《ほきゅうおん》。球をキャッチするというより、ミットが獣《けもの》のように球に襲《おそ》いかかる感じ。球の音ではなく、ミットが雄叫《おたけ》びをあげたようだった。あんな音、どうやって出せるんだろう。

「ちょっと、威力、上げたな」

堂島さんは軽く笑《え》みを浮《う》かべて、ミットから球を取り出すと、しゃがんだまま、手首のスナップをきかせて、哲平《てっぺい》に投げ返した。直線的な球がすうっとすじを作って哲平のグラブに収まった。バシッと、いい音がした。

（あの姿勢のままで、あんな球を投げ返すなんて……）

こころは、また驚《おどろ》いた。自分は、いちいち立ち上がって、哲平に投げ返すのだ。

「ま、これくらいにしとこ」

堂島さんは、ゆっくりと立ち上がった。

堂島《どうじま》さんはもう一度ミットをじっくり見て、左手からはずした。

「これ、どうしたの？」

「あ、あの、父から……」

「おとうさん、野球やってんの？」

「あ、いえ、昔、ちょっと……」

「へえ。いいミットだな。ありがとう」

堂島さんは、こころにミットを差し出した。

こころは頭を下げて、両手でミットを受け取った。またミットをほめられて、こころは少しくすぐったい気持ちになった。とうさんまでほめてもらったような気がした。

「じゃましたな。練習、続けて」と、堂島さんが促《うなが》した。

「あ、はい」

と、こころはミットに手を入れた。ミットの中に堂島さんの手のぬくもりが残っていた。

そのぬくもりが腕《うで》を通して体中に流れていくような気がした。このミットを使えば、自分も堂島さんのようにいいキャッチャーになれるのではないかと思って、どきどきした。

パシッ。

しかし、自分の捕球音《ほきゅうおん》はあきらかに、堂島《どうじま》さんのよりも小さかった。こころは、首をかしげて、つかんだ球を見た。その様子に気づいたのか、堂島さんが、「どうした？」と、聞いた。

「あの、音が小さいので……」

「網《あみ》で捕《と》ってるだろ」

堂島さんが、言った。

「え？」

「芯《しん》で捕るんだ」

「芯……」

こころは、堂島さんを見た。

「ミットの芯。人さし指の付け根の、ここだ」

堂島さんは自分の手のひらを開いて、右の人さし指で示した。

「はい」と、こころはうなずいて、ミットを構えた。

球が、来た。

言われたように、ミットの芯《しん》を意識して、捕球《ほきゅう》した。手のひらに球の感覚が直《じか》に伝わる気がした。音も少し高くなった。

（なるほど……）

こころは、思った。

「まだ、ちょっとずれてるな」

堂島《どうじま》さんが、言った。

付け根ではなく、指の方にあたっていたかもしれない。そこまで見抜《みぬ》く堂島さんに驚《おどろ》いた。堂島さんのすごさを改めて感じる。

何度も、人さし指の付け根で捕球することを意識してみたが、ずらさないで捕球することは、なかなか難しい。しかし、意識することで、球への集中力が高まったような気がした。

「だいぶ、いい感じだ。あと、コツは捕《と》る瞬間《しゅんかん》に、球に人さし指の付け根を、押《お》し当てる感じにすると、音がさらに上がる」

堂島《どうじま》さんは左手首をやわらかく、くっと、動かして見せた。

「はいっ」

こころは、返事をして、真剣《しんけん》な目で、走ってくる球をにらんだ。

キャッチャーである堂島さんのアドバイスは、わかりやすく具体的だった。それを丁寧《ていねい》に教えてくれることが、うれしかった。堂島さんは、さすがだ。自分なんかとうてい及《およ》ばないなと、思った。

「けど、木下《きのした》。捕球音《ほきゅうおん》を気にするようになるなんて、レベル、上げたな」

堂島さんに、肩《かた》をとんと、たたかれた。

「あ……」

こころは、どきっとして、息をのんだ。ありがとうございますと言おうとした言葉が、詰《つ》まってしまった。頭だけ、こくっと下げた。キャッチャーマスクの中の顔がほてってい るのが自分でもわかった。褒《ほ》められたのがうれしかった。堂島さんの指先のぬくもりが、肩にかすかに残っていた。

2——父

堂島《どうじま》さんの足の回復は順調で、数日したら、軽いランニングやトレーニング、バッティング練習、簡単な守備練習にも参加できるようになった。

「新人戦には、間に合いそうだな」

「なんとかな」

「おまえがいるといないじゃ、そうとう違《ちが》うからよ」

「哲平《てっぺい》の球も代理キャッチャーじゃ、全然違うしな」

部室の中で、二年生たちが話しているのが聞こえていた。

(代理キャッチャー……)

自分のことだ。こころは、部室の奥《おく》のロッカーでしきられたスペースで、着替《きが》えが終わっているのに、出て行けなくなっていた。一年生たちはみんな早く帰ったので、こころがいるなんて、二年生たちは思ってもいないようだ。

そうだ、自分は代理キャッチャーだったんだ。いつの間にか、ポジションはキャッチャーに決まっているような気になっていたけれど、ほんとは　堂島《どうじま》さんのけがが治るまでの役目だったんだと、今さらながら思った。

「あしたから、キャッチャー再開しろよ」

だれかが、言った。

こころは思わず、耳を澄《す》ませる。しかし、堂島さんの声は聞こえなかった。

（わたし、どうなるんだろ……）

不安が頭をもたげてくる。堂島さんがけがをしたから、その代役として野球部に誘《さそ》われたのだ。堂島さんのけがが治ったら、自分の居場所はなくなってしまうのか。もしかしたら、退部を告げられるのかもしれない。そうしたら、どうしよう。

二年生の会話を聞きながら、こころは、そこに立ち尽《つ》くしていた。結局、二年生がみんな帰ってしまうまで、こころは部屋の奥《おく》から出られずにいた。

家に帰ってからも、そのことが頭を離《はな》れなかった。食卓に着いてもぼんやり考えてしまう。

「何考えてんの、さっきから」

「え？」

箸《はし》を止めているのをかあさんに指摘《してき》されて、こころは我《われ》に返った。

「新人戦、近いな」

とうさんがビールをコップにつぎながら、言った。

「うん」とだけ、こころは返事した。

「新人戦って、何？」

ひびきが、こころの顔をのぞき込《こ》んだ。

「べつに、何でもない」

こころは面倒《めんどう》くさくて、ひびきを無視する。

「いいだろっ、教えてくれたって」

ひびきが口をとがらせた。

「うるさいなあ」

「何がっ」

「やめなさい、二人とも」

かあさんが割って入った。

「どうしたの」と、かあさんが、こころを見た。

「べつに」

こころの様子を見て、かあさんもとうさんもそれ以上、聞こうとはしなかった。ひびきは不満げな顔をしていたが、そのうち、かあさんととうさんの会話に入って話し出した。

こころは黙《だま》ったまま、ご飯を食べた。

食事が終わって、かあさんとひびきはお風呂《ふろ》に入った。居間で、こころはとうさんと二人になった。畳《たたみ》に寝転《ねころ》がって、テレビを見ている。お笑いの番組だけれど、全然頭に入ってこない。

「部活、やめるかも」

口に出すつもりもなかったのに、ぽろっとこぼれるように声が出てしまった。

「ん？　どした」と、とうさんが顔だけこころに向けた。

「え、ああ……」

こころは口ごもった。

（しまった……）

とうさんはずっと黙《だま》って、こころを見ている。

「けがしてた先輩《せんぱい》、治ったから」

こころは、とうさんの目も見ずにつぶやいた。

「ああ、堂島《どうじま》さんか」

とうさんが、言った。こころが口にしているので、とうさんも名前を知っていた。

「うん」

「なんで、その先輩が治ると、おまえがやめるんだ？」

「だって、堂島さんキャッチャーだしさ……」

「ああ」

「わたしなんかより、ずーっとうまいしさ……」

「そうか」

「うん……」

「ま、堂島《どうじま》さんがキャッチャーに戻《もど》ったとして、じゃ、こころは別のポジションについてもいいんじゃないか？」

とうさんが、言った。

「どこにも入れないよ。九人そろうから、わたしがはみ出ちゃう」

「ふうん……」と、とうさんは考えるようにした。

「ま、スタメンに入れなきゃ、野球をやりたくないっていうのなら、やめればいいのかもしれんけど、な」

とうさんは、そう言ってごろりと背中を向けた。

こころはとうさんの背中をじっと見る。とうさんはテレビを見ているのか、何も言わない。

「べつに、野球をやりたくないなんて言ってないよ」

こころは、とうさんの背中に言った。

とうさんの背中からは、何も聞こえてこない。

こころも黙《だま》って、ぼんやりとテレビに目をやった。テレビの音声だけが、居間の中にただよっている。

「とうさん、高校三年の時の背番号、何番だったと思う？」

こころに背を向けたまま、とうさんが言った。

「……」

「十九番」

「ふうん」

「ベンチ入りは十八人まで。下級生がベンチ入りしてるのに、三年でベンチ入りできなかったのは、とうさんだけだ」

とうさんは、言った。

知らなかった。とうさんは中学時代はレギュラーとして活躍《かつやく》したと聞いている。そして、高校でも野球部だったと聞いていたが、ベンチ入りもしていなかったなんて、今、初めて聞いた。何だ、そうだったのかと、少しがっかりした。

「けど、やめようとは思わなかったな」

とうさんは、続けた。

「なんでだと思う?」

「……」

「理由は、簡単だ。野球が好きだったから」

「……」

「何とかレギュラーになりたくて、そうとう練習したけど、最後の大会でもレギュラー落ちした。最後は、マネージャーになって、試合に連れていってほしいと先生に頼《たの》み込《こ》んで、ベンチに入れてもらった」

「マネージャーで?」

「下級生の世話も一生懸命《いっしょうけんめい》やった。そうやって、県大会に行った。仲間といっしょに県大会に行けたと、とうさんは今も誇《ほこ》りに思ってる」

それだけ言うと、とうさんは黙《だま》った。

こころは、じっととうさんの背中を見つめた。

（野球が好きだったから……）

とうさんが言った言葉を、こころは胸の中で繰《く》り返した。

（そうだった）

わたしが野球をやっているのは、堂島《どうじま》さんの代わりをするためじゃない。野球が好きだから。それだけだったんだ。そんなあたりまえのことに、今、気づいたような気がした。

テレビから響《ひび》いてくる笑い声が、自分を笑っているように思えた。

3――キャッチャー対決

翌日、グラウンドに出ると、こころは堂島《どうじま》さんのもとへ走った。

「あの、これ、お返しします」と、借りていたキャッチャーマスクを差し出した。

「あ? それ、まだ使っててていいよ」

堂島さんは驚《おどろ》いたような顔をした。

「でも、返すって、どういうこと?」

「キャッチャーは、堂島さんだから……」

こころは、言った。声が少し震《ふる》えた。

「じゃ、おまえ、どうすんの?」

「わたしは、その……」

こころが口ごもった。別のポジションを言おうとしたが、言葉が出なかった。

「そんなに簡単に、自分のポジション譲《ゆず》っていいのかよ」

堂島《どうじま》さんがこころの目を見た。

「……」

こころは、目を伏《ふ》せた。

「おまえさあ、この二か月間、必死で練習してきたんだろ」

堂島さんは、真顔で言った。

「でも、堂島さんだって……」

こころは小さい声で、つぶやいた。言葉じりがしぼんだ。

堂島さんはしばらくこころを見つめていた。

「対決しないか」

きっぱりとした口調で、堂島さんが言った。

「えっ」

こころは、目を丸くした。

「キャッチャー対決」

堂島《どうじま》さんは、言った。

「実際《じっさい》の試合と同じように、哲平《てっぺい》とバッテリーを組んで、二人の打者と勝負する。それで、決める」

「決めるって、だれがですか」

「三人でだ」

「三人？」

「おれとおまえと、哲平。打者との勝負を通してだれがキャッチャーにふさわしいかを決める」

堂島さんが、言った。

「対決して決めるんだったら、文句なしだろ」

堂島さんは笑《え》みを浮《う》かべた。

こころは黙《だま》って、堂島さんの顔を見つめた。本気で言っているのだろうか。だれがキャッチャーにふさわしいかなんて、そんなの対決なんてしなくたって、初めからわかっている。堂島《どうじま》さんと自分とでは、月とすっぽんだ。なんでそんな対決をしようと堂島さんは言い出したのだろう。こころをからかっているのか。それとも、こころにキャッチャーを完全にあきらめさせるためなのか。堂島さんの真意がわからなかった。

でも、ふいに、やってみたいという気持ちが自分の心の中に芽生《めば》えてくるのを感じた。堂島さんから教えてもらってきたキャッチャーのポジションだけれど、その堂島さんと対決するなんて、そんな機会はめったにない。勝つことなどあり得ないとしても、自分が今まで練習してきた成果を試《ため》してみたい気もした。しかも、それを尊敬《そんけい》する堂島さんにみてもらえるのだ。その結果がどうであろうとも納得《なっとく》がいく。

「先生にも見ていてもらおう。真剣《しんけん》勝負だ」

堂島さんが、言った。

こころは、静かにうなずいた。

堂島さんは、ベンチに座《すわ》っている先生の所へ歩いていった。しばらく話をしていたが、頭を下げると、堂島さんはこころのところへ戻《もど》ってきた。

「先生は了解《りょうかい》してくれた。いいな」

堂島《どうじま》さんは、こころの目を見た。

「はい」

こころは、覚悟《かくご》を決めてうなずいた。

それから、堂島さんは哲平《てっぺい》を呼んだ。哲平が走ってやってきた。

「今日の練習の最後、おれと木下《きのした》で、キャッチャー対決させてくれ」

と、堂島さんが言った。

「キャッチャー対決？」

聞き慣《な》れない言葉に、哲平はきょとんとした。

堂島さんがことのなりゆきを説明した。

「おまえは、本音で公平な判断をしてほしい」

堂島さんの真剣《しんけん》な様子に、哲平も真顔でうなずいた。


いよいよ、対決の時が来た。

堂島さんとこころと哲平は、先生のもとに集まった。

「じゃ、やるか」

先生は穏《おだ》やかな笑《え》みを浮《う》かべて言った。

三人は「はい」と、静かに返事をした。

「だが、キャッチャーはチームの要《かなめ》だ。おまえたちだけで決めるというわけにはいかない。チームのみんなにも見守ってもらおう」

先生は言うと、全員に集合をかけた。みんなが集まると、先生はこれからやろうとしていることを話した。

「え？　キャッチャーは堂島《どうじま》に決まってんじゃないすか」

「だって力の差ははっきりしてますよ」

二年生から声が、上がった。

先輩たちのもっともな言葉がこころの胸にストレートにつきささり、全身の力がなえそうになる。やっぱり、やめようかなと、言い出しそうになった時、

「おれが頼んだんだ」と、堂島さんが強い声でさえぎった。

みんな驚《おどろ》いて黙《だま》った。

「ポジションを正々堂々と競《きそ》いたいという申し出だ。初めから決まっている勝負などない」

先生は、二年生からの異論をあっさりと退《しりぞ》けた。

みんながホームを囲むように立ち、対決を見守る形となった。

哲平《てっぺい》がマウンドに立った。打者として先生に指名されたのは、二年生の原田《はらだ》さんと岡本《おかもと》さんだった。先生が審判《しんぱん》になった。

「どっちからにする？」

先生が、二人を見た。

「どっちでも、いいぞ」

堂島《どうじま》さんが、こころを見た。

こころは、体を硬《かた》くした。大がかりな対決となってしまった。こんなにみんなに見られての対決だなんて、それだけで心臓がはりさけるような気がした。

「じゃ、じゃあ、お願いします」

と、こころはおそるおそる進み出た。堂島さんのプレーの後に、自分がプレーするなんて

とても無理だと思った。緊張感《きんちょうかん》から早いうちに解放されたかった。

キャッチャーマスクとプロテクターを装着し、キャッチャースボックスに入った。一番打者の原田《はらだ》さんが打席に立つ。キャッチャーマスクから、マウンド上の哲平《てっぺい》を見た。哲平は集中した顔つきで、こころのサインをうかがった。こころは、外角低めへの直球のサインを出した。初球はまずは安全な球から入ろうと考えた。ところが、哲平は何度か首を振《ふ》り、結局うなずいたのは内角高めへの直球だった。

(自信があるんだ)

と、こころは思った。ストレートが走っているときの哲平は、内角高めの直球で打者を追い込《こ》む。たぶん今日の調子はいいということだ。

哲平が投げてきた。直球。ストライク。いいところに決まった。原田さんは体をのけぞらせて、バットを振ることもできなかった。

(次はどこかな……)

こころは、哲平の表情を探《さぐ》った。哲平は第一球目に満足したように口もとをきゅっと締《し》めている。

（もう一度かな）

こころは、思った。普通《ふつう》なら、次はコースをずらすところだろうが、自信をもっているときの哲平《てっぺい》は同じコースに二球投げ込《こ》んでくるときがある。それを思ったのだ。そう思って出したサインに、哲平はすぐにうなずいた。第二球目を投げ込んでくる。原田《はらだ》さんは再びのけぞるようになって、空振《からぶ》りした。

しかし、その球をこころはミットからこぼしてしまった。内角の球を空振りされる時に、こころは捕球《ほきゅう》ミスが多い。また、悪いくせが出た。

（しまった）

あわてて拾って、哲平に投げた。それが暴投となって、哲平は大きくジャンプしてキャッチした。

「あわてるな」

後ろで小田原《おだわら》先生の声が聞こえた。

「ごめん」

哲平に謝《あやま》り、大きく深呼吸してから、こころはしゃがんだ。自分でも緊張《きんちょう》していることがよくわかる。しゃがんでから、もう一つ、深呼吸をした。

（これで、ツーアウト。次は、どうしよっか）

一球外《はず》すか。哲平《てっぺい》を見た。しかし、哲平は強気な目つきをしている。三球目で決めようとしている顔だ。こころが出したサインに、二度、三度首を振《ふ》り、外角低めの直球にうなずいた。

（そっか。最初から、この球で決めたかったのか）

こころは、思った。外角低めの直球、哲平の一番好きな球だ。自分の一番得意な決め球で、一番打者を倒《たお》して調子を上げたいのだろうと思った。

哲平が三球目を投げた。外角低めに勢いのある球が来た。追い込《こ》まれていた原田《はらだ》さんは体勢を崩《くず》しながらも、無理に振りに出た。キンッ。金属音。やっと球に当てたという感じで詰《つ》まっていたが、ボールは三遊間に転がった。守備がついていないから、ボールはころころと外野まで転がっていった。ショートがいればアウトであろうと思われた。

「ちっ」

アウトカウントを取ったものの、三球三振《さんしん》をねらっていた哲平は悔《くや》しそうに舌打《したう》ちした。

二番手の岡本《おかもと》さんが打席に入った。岡本さんには、初球、外角低めの直球のサインを出した。哲平《てっぺい》はすぐにうなずいた。

（やっぱり）

と、こころは思った。負けず嫌《ぎら》いの哲平は、勝負球の外角低めを原田《はらだ》さんに打たれて、悔《くや》しい思いをしているはずだ。そこにもう一度投げたいと思うに違《ちが》いないと思ったのだ。しかし、念のため、こころはミットを外側に外《はず》してボールのコースに構えた。哲平は、じっと見つめてから、もう一度深くうなずいた。そして、振《ふ》りかぶって、思いきり、投げた。勢いのある速球が来た。ズバン。ミットが鳴った。

「ボール」

審判《しんぱん》の小田原《おだわら》先生の声がした。

ボールから入ったが、岡本さんが、ふうと、息をつくほどの球だった。続いて、内角、外角に揺《ゆ》さぶりをかけ、岡本さんを三振《さんしん》に倒《たお》した。

「よっしゃあっ」

哲平が、ガッツポーズを作った。

「ナイスピッチングッ」

こころも、叫《さけ》んだ。

二人の打者との勝負を終えて、こころはほっとして、キャッチャースボックスから離《はな》れた。なんとか終わった。けれど、一つ落球があった。それに、原田《はらだ》さんに内野ゴロではあるが、三遊間に打たれてしまった。キャッチャーとしての判定はよいとはいえないと思われた。

続いて、堂島《どうじま》さんが進み出た。こころはキャッチャーマスクを取り、ついた汗《あせ》を拭《ふ》いて堂島さんに手渡《てわた》した。プロテクターもはずして、堂島さんに渡す。堂島さんは渡された用具を慣《な》れた手つきですばやく装着して、キャッチャースボックスに着いた。

「しまっていこうっ！」

堂島さんの太い声が、グラウンドの空に響《ひび》いた。

急にグラウンドの空気が引きしまった。見ているこころの体も引き締《し》まるような気がした。緊張感《きんちょうかん》が高まった。

堂島さんはミットと股間《こかん》で右手を隠《かく》し、打者から見られないようにして哲平《てっぺい》に球種のサインを出した。哲平《てっぺい》はぐっとうなずくと、振《ふ》りかぶり、第一球を投げ込《こ》んだ。ズバーン。いい音が響《ひび》いた。これまでより速い球に思われた。内角高めに決まるストレート。ストライク。原田《はらだ》さんは体をのけぞるようにして、バットを振ることもできなかった。第二球目は、内角低め。原田さんは空振《からぶ》りした。哲平の球は走っている。堂島《どうじま》さんが哲平の力を引き出しているかのように思えた。三球目、外角に落とすゆるいカーブで、空振り三振《さんしん》を奪《うば》った。見事な配球だと思った。打者が翻弄《ほんろう》されている。

「ナイスピッチングッ。切れがあるぞっ」

堂島さんの声かけに、哲平はにんまりとした。

原田さんは悔《くや》しそうにバットを握《にぎ》りしめて、バッターボックスを離《はな》れた。

二人目の岡本《おかもと》さんには、直球とカーブで低めを攻《せ》めた。リズムよく次々に球が投げ込まれていく。堂島さんの計算された組み立てに乗って、哲平が気持ちよく投げ込んでいるように思われた。そして、最後の勝負球の直球を外角高めに決めて打ち取った。あっという間に、二人は凡退《ぼんたい》した。

ホームベースを囲んで、小田原《おだわら》先生のもとにみんなが集合した。

「同じ打者に対して、二組のバッテリーで勝負したが、まず、打者としてどんな感想を持ったか、聞かせてもらおう」

先生が、原田《はらだ》さんを見た。

「一打席目は緊張《きんちょう》があったけれど、哲平《てっぺい》が直球勝負で来ているってわかったから、こっちもやってやろうじゃんって感じで、打ちにいった。もう少しスイングスピードを上げていれば、外野に飛んだのになあ」

原田さんは、思い出すようにして、言った。

哲平は悔《くや》しそうにちょっと唇《くちびる》をかんだ。こころは、その通りだなと思って、視線を落とした。

「二打席目は、うまくやられたって感じです」

周りのみんなも、うなずいた。

「岡本《おかもと》はどうだ」

小田原《おだわら》先生が、岡本さんを見た。

「一打席目も二打席目も三振《さんしん》だからなあ」と、岡本さんは頭をかいた。

「けど、やっぱり、二打席目の方が手が出なかったって感じかな。いいようにあしらわれたって言うか」

岡本《おかもと》さんは、苦笑いをした。

「そうか、打者としては、堂島《どうじま》がキャッチャーの方がやりにくかったってわけだな」

小田原《おだわら》先生が、言った。

二人は、うなずいた。

周りのみんなも納得《なっとく》したように、うなずき合った。

こころだって、そう思っていた。自分の目から見ても、自分のリードと、堂島さんのリードは比べものにならないことはわかっていた。

こころの心の中を見透《みす》かしたように、小田原先生が、

「木下《きのした》は、どう思う?」と、聞いてきた。

「堂島先輩《せんぱい》はすごいと思いました」

それが本音だった。悔《くや》しいという気持ちはなかった。あきらかに実力差が現れていた。

気持ちがよいくらいだ。堂島さんと競《きそ》い合おうとしたことが、そもそも間違《まちが》いだったと思

った。

「そうか。どんなところがだ？」

と、小田原《おだわら》先生は、さらに聞いてきた。

負けたと思っているのに、その理由を言わせるなんて、ちょっと意地悪だ。けれど、小田原先生はまじめな顔をして、こころを見ている。

（そう言えば、どんなところだろ）

こころは、思った。自分と堂島《どうじま》さんとでは比べものにならない。でも、いったいどこが違《ちが》うのか。そうつきつけられると、困ってしまった。

「ただすごいという感想だけじゃ、学びはないな」

小田原先生は、静かに言った。

こころは唇《くちびる》をかんだ。先生の言うとおりだった。堂島さんに負けたと言うことより、どんなところで負けたのかと、言えないことが悔《くや》しかった。

「堂島、きみはどうだ？」

小田原先生は、言った。

「先生は、どう思います？」

堂島《どうじま》さんは、先生に聞き返した。

小田原《おだわら》先生は、一瞬《いっしゅん》、驚《おどろ》いた表情を見せたが、すぐに、目もとをゆるませた。

「まず、ぼくに言わせたいのか。堂島、大人になったな」

小田原先生は笑《え》みを浮《う》かべた。

二人のやりとりを、みんながびっくりしたように見つめた。

「じゃあ、ぼくの感想だけど……」

小田原先生がゆっくりと話し出した。

「キャッチング技術、配球指示ともに、堂島が格段に木下《きのした》より勝っている」

きっぱりと告げるように、言った。

みんながもっともだというように、うなずき合った。

「ただ……」と、小田原先生が、少し間をおいて続けた。

「これは、哲平《てっぺい》に聞いてみなくちゃわからないが、哲平らしさが出ていたのは、木下がキャッチャーの時だと、思った」

哲平《てっぺい》の投球を思い出すように、ゆっくり言った。

みんなは驚《おどろ》いたように、黙《だま》って先生を見つめた。

「すみません、先生」

堂島《どうじま》さんが、あやまった。そして、

「ぼくも、同じです」と、言った。

「技術的なことを言えば、木下《きのした》はまだまだです。けれど、何だか分からないけど、木下にはぼくにないものがある。悔《くや》しいけれど……」

堂島さんは真剣《しんけん》な顔で、こころを見た。見つめられて、こころは視線を地面に落とした。

「哲平にとっては、ぼくより木下と組んだほうが、いいと思うんです」

堂島さんの言葉じりが震《ふる》えた。

こころは、息をするのも忘れて、立ち尽《つ》くしていた。堂島さんや先生が言っている意味がよく飲み込《こ》めなかった。

「哲平は、どうだ？」と、小田原《おだわら》先生が、聞いた。

「え？　いや、おれは……」

哲平《てっぺい》はどぎまぎしたように、目を泳がせた。

「やっぱり堂島《どうじま》さんの方が、安心感があるっていうか……」

哲平は、口ごもる。

「その安心感が……、どうなのかな」

堂島さんが、言った。

「え？」

哲平は驚《おどろ》いたような顔をした。

「おまえ、おれの指示のまま素直《すなお》に投げるだろ」

「……」

「素直というか……」と堂島さんは言葉を探すように、哲平を見た。

「従順、かな……」

堂島さんは言った。

「ジュウジュン？」

哲平は、よくわからないというように堂島さんを見つめ返した。

「ただ従ってるってことさ……」

堂島《どうじま》さんが言った。

それを聞いて、哲平《てっぺい》ははっとしたように表情をこわばらせた。

「けど、木下《きのした》の時は自分の気持ちを出す」

「……」

「哲平は、ほんとは自分の気持ちを強く出していきたいやつだと思うんだ。けど、おれとだと、おまえらしさが出せないような気がするんだ」

哲平は視線を落としていた。自分でも気づいていなかった心の中を言い当てられたように、少し赤くなっていた。

「おまえと木下の練習を見ながら感じるようになってたんだ」

堂島さんは静かに言った。

「……」

哲平は黙《だま》っていた。

「そう言われれば、確かに一打席目の方が迫力《はくりょく》があったかも……」

ぼそっと原田《はらだ》さんがつぶやくのが聞こえた。

周りのみんなは、静まり返った。息を詰《つ》めて、話のなりゆきを見守っている。

やがて、決意したように、堂島《どうじま》さんがきっぱりと言った。

「先生、ぼくは木下《きのした》をキャッチャーに推《お》します」

周りからは、声も出なかった。

「それで、いいのか？」

小田原《おだわら》先生は静かに、堂島さんの表情を見つめた。

「はい」

堂島さんは力強く返事した。

「みんな、いいか」と、小田原先生は、囲んでいる部員たちを見回した。

みんな、お互いの顔を見合いながらも、異議を唱える者はいなかった。

「で、きみはどこを守る？」

小田原先生が、言った。

「ぼく、もともとは外野手希望なんです。外野でもいいですか」

「ええっ」

みんなが驚《おどろ》きの声を上げた。

先生はみんなの動揺《どうよう》がおさまるのをしばらく待ってから、「わかった」と口を開いた。

「それじゃ、キャッチャー、木下《きのした》。そして、外野のポジションを、原田《はらだ》、佐々木《ささき》、森《もり》、堂島《どうじま》で新たに決める」

告げるように、先生が言った。

みんなは静かにうなずいたが、顔には驚きや不安の表情が浮《う》き出ていた。

（わたし、ほんとに、いいのかな）

こころはうれしさよりも、とまどいの方が強かった。本当に、堂島さんでなく自分がキャッチャーでいいのだろうか。責任が重くのしかかってきた。おっかなびっくり哲平《てっぺい》の表情を探る。哲平は神妙《しんみょう》な顔をしたまま、黙《だま》っていた。先生の決定に異論はないように見えた。

部活が終わり、部室に向かう時に、哲平がこころの近くに来て「よろしくな」とだけ、ぼそっと言った。照れたように目も合わせなかった。

「あ、うん」

こころは、とっさに何も言えず、それだけ答えた。

「けど、まいったなあ。堂島《どうじま》さんが外野に回ってくるとはなあ」

佐々木《ささき》が、空を見上げるようにしていった。

「四人のうち三人を決めるって言ってもさ、原田《はらだ》さんは打者としても選ばれるだろうからな。となると、結局、佐々木と洋太《ようた》の勝負ってことになりそうだな」

大田《おおた》が、言った。

「ようし、洋太、遠慮《えんりょ》しないぜ」

佐々木は、洋太の肩《かた》をとんとたたいた。

「うん」と、洋太は小さく返事した。

「堂島さん、キャッチャーいいと思うけどな……」

洋太のつぶやいたひとり言が、こころの耳にかすかに聞こえた。浮《う》かない表情で洋太は地面を見続けていた。

4——洋太《ようた》

次の日から、堂島《どうじま》さんはさっそく外野の守備練習に加わった。

堂島さんの声は、外野からもよく通る。堂島さんが入ったことで、外野の練習が活気づいた。それがグラウンド全体にも広がる。新しいチーム作りが進んでいると思わせる新鮮《しんせん》な空気が流れた。

先生のノックが大きな弧《こ》を描《えが》いて外野へ飛んでいく。その球の落下地点に素早く移動して、軽《かろ》やかな身のこなしでキャッチする。堂島さんの守備は群を抜《ぬ》いていた。

(何をやってもできる人なんだな)

こころは、ブルペンで哲平《てっぺい》と投球練習をしながら、外野の守備練習に目をやった。

(堂島さん、わたしにキャッチャー譲《ゆず》るためにわざと勝負しようなんて言ったのかな……）

ふと、そんなことを思ってしまう。もともとは外野志望だったなんて、ほんとだろうか。そして、そのために外野の洋太《ようた》や佐々木《ささき》が守備から外《はず》されてしまうことになるかもしれない。そんなことを考えると、自分がこの部に入部したこと自体がなんだかみんなにすまないような気がしてくる。

大きなフライが、また外野に飛んだ。洋太がグラブを掲《かか》げて、落下地点に駆《か》け寄《よ》る。球が弧《こ》を描き、洋太めがけて落ちていく。おやっ。思った以上に球が奥《おく》に伸《の》びている。洋太もそれに気づいたらしく、後ずさりを始めた。間に合わない。洋太はあわてたように、両手をばたつかせた。その瞬間《しゅんかん》、バランスを崩《くず》し、洋太は後ろ向きのまま尻《しり》もちをついた。そのはるか後方に球は落ち、高くバウンドしてフェンスの方へ逃《に》げていく。

「こらっ、すぐに追えっ」

小田原《おだわら》先生の檄《げき》が飛ぶ。

「は、はいっ」

洋太は急いで立ち上がり、転がっていく球を追いかけた。さっきから洋太は何度かミスを繰《く》り返している。球を拾いに走る洋太《ようた》の背中が気の毒に見えた。

「おいっ」

突然《とつぜん》、哲平《てっぺい》の呼ぶ声が聞こえた。

「さっきから、どこ見てんだよっ」

「あ、ご、ごめん」

こころは、あわててミットを構え直す。

「自分のポジションに責任もてよっ」

マウンド上の哲平が言った。

（そうだった）

人のポジションの心配どころじゃない。キャッチャーをしっかりやることが、今の自分の責任なのだ。こころは、哲平の投げる球をぐっとにらんだ。回転のかかった直球がまっすぐ走ってきた。ミットの芯《しん》を意識して捕《と》る。パーン。高い音が響《ひび》いた。

「ナイスボールッ」

こころは叫《さけ》んで、哲平に球を投げ返した。

練習が終了《しゅうりょう》して、みんなグラウンドから引き上げた。少し遅《おく》れて、こころが帰ろうとしたとき、外野のフェンスの向こうに人影《ひとかげ》が見えた。

（あれ？）

洋太《ようた》だ。何してるんだろう。

フェンスのところまで近づいていって、声をかけた。

「洋太くん、何してんの？」

草むらで背中を丸めて、何か探すようにしていた洋太はびくっとして、振《ふ》り向いた。

「どうしたの？」

「ボール」

洋太はそれだけ、言った。そして、また前屈《まえかが》みになって、草むらを探すようにした。どうやら、キャッチし損《そこ》なってバウンドした球が、フェンスを越《こ》えて草むらに落ちたらしい。

一瞬《いっしゅん》見えた洋太の目が、赤かったように思われた。

「手伝うよ」と言って、こころはフェンスによじ登ろうとした。

「いい」

向こうを向いたまま、洋太《ようた》が言った。

「自分の失敗くらい、自分で始末する」

いつになく強い調子の洋太の声に、フェンスにかけたこころの手が止まる。

洋太の細い背中は丸まって、泣いているように見えた。

かける言葉も見つからず、こころはフェンスに手をかけたまま、草むらに顔をうずめるようにしている洋太の背中をじっと見つめていた。

しばらくして、「あった」と、洋太の声がした。

「あったの？」

思わずこころはフェンスに顔をつけた。

洋太はほっとした顔で、球をつかんで立ち上がった。

「よかったね」

こころが言うと、洋太はポーンとフェンスを越《こ》えるように高いフライを投げた。

とっさに、こころは数歩後ずさりして、両手でキャッチした。

「ナイスキャッチ」

洋太《ようた》が、言った。

「さすがだな」

「ふふ」

こころは笑《え》みを返した。

洋太はフェンスをよじ登ってまたぎ、グラウンドにとんと、飛び降りた。

「いくよっ」

こころは身をのけぞるようにすると、空に向かって球を投げ上げた。すうっと、青空に白球が上がっていった。

「うわっ」

洋太が叫《さけ》び、空を見上げて白球を探した。数歩後ろに下がってから、前によろよろ出てきた。それから、あわてたようにバタバタとまた後ろへ下がった。その手前に球は落ちて、高くバウンドした。

「くそっ」

悔《くや》しそうに舌打《したう》ちして、洋太《ようた》はバウンドが小さくなった球をようやく両手で捕《と》った。

「もういっちょ」

こころが言うと、洋太は無言で球を投げ返した。そして、フェンスのところに置かれていたグラブを手にはめた。

こころは受け取った球を、再び、空高く投げ上げた。

それを洋太が、右に左に、前に後ろに、よろよろと追った。足取りがおぼつかない。そのうち、洋太から少し離《はな》れたところに、また球は落ちた。洋太は情けない顔をして、球を拾った。

「もういっちょっ」と、こころが声をかけると、洋太は球を投げ返した。

何度も繰《く》り返した。洋太は、半分くらいはキャッチできるが、半分くらいは落球した。

「くそう、なんで捕れないんだろ」

洋太はひとり言のように、吐《は》き捨てた。

「あの、なんか迷いながらやってるみたい」

こころは、洋太に言った。

「え？」

洋太《ようた》が、こころに聞き返す。

「ボールの真下でどこに落ちてくるのか、迷いながらうろうろしてるみたい」

こころは思ったことを伝えた。

「うん……」

洋太はうなずく。

「どうすればいいのかな」

洋太は素直《すなお》に聞いた。

「ボールが落ちてくると思うところより、もっと後ろで待つようにしたらどうかな。なんか、先輩《せんぱい》たちそんなふうにしてるみたいな気がするけど……」

こころは、言った。美術部で絵を描《か》いていたときに、ぼんやり外野の守備練習を見ていて、思ったことだ。どうやってあんな高いフライを捕《と》れるんだろうと思った。みんな球が上がると、まず後ろにぐっと下がってから、落ちてくる球に合わせて前に行ってキャッチしていることに気づいたのだ。

「そっか、そうかもしれない……」

洋太《ようた》はつぶやいた。

「もういっぺん、頼《たの》む」と、こころを見た。

こころはうなずいて、球を空高く投げ上げた。すぐに、洋太は勢いよく後ろへ走った。

そして、後ろで球の落下を見極《みきわ》めるようにしてから、落ちてくる球に合わせて前進してキャッチした。

「ナイスキャッチ」

こころが、言った。

「よっしゃーっ」

洋太にぱっと、笑顔《えがお》が広がった。

「もういっちょ来いっ」

洋太は勢いよく球をこころに投げ返した。

こころと洋太は、それを何度も繰《く》り返した。

「おい、野球部、いつまでやってるんだ。もう帰る時間だぞ」

校舎から、先生の声が聞こえた。

「あ、やばっ」

二人はあわてて、部室へ向かって走り出した。

部室へ入って荷物を取り、出ようとしたとき、洋太《ようた》が、

「ありがと」と、言った。

「え？」

「フライのキャッチ練習につきあってくれて」

「うん」

「おれ、運動神経悪いの、自分でもわかってるんだ」

「……」

「野球も下手《へた》なこと、自分でもわかってる」

「……」

「けど、野球好きだからさ、ライトのポジションは絶対守りたいんだ」

「うん」

こころはまっすぐに洋太《ようた》を見た。

「あ、あのさ。あした、ポジション選考のテストするっていうんだけど……」

洋太はちょっと視線を下げて、考えるようにした。

「部活の前、ちょっと練習つきあってもらえるかな……」

「いいよ」

こころは、笑顔《えがお》で洋太を見た。

「いいの？」

洋太はうれしそうに目を大きくした。

「朝、やる？」

こころは、洋太の目を見た。

「えっ？」

「川原の公園で」

明日は土曜日だ。午前中が部活だから、早朝に練習すればどうかと考えたのだ。

「わ、悪いね……」

遠慮《えんりょ》がちに、洋太《ようた》が言った。

「がんばろっ」

こころがこぶしを突《つ》き出すと、洋太は恥《は》ずかしそうに自分のこぶしを当てた。

5——とんび

まだ薄暗《うすぐら》い中、こころはそうっと、玄関《げんかん》のドアを閉めた。

空気が冷たい。秋の深まりは朝にわかる。近くの小枝で、小鳥の声がする。高い空にとんびがゆっくりと飛んでいるのが見えた。

こころはグラブを手にはめて、走り出した。近所はまだどの家も静かだから、足音にも気をつけて、こころは走る。ひんやりした秋の風がこころのほおと耳を刺激《しげき》した。

堤防《ていぼう》の道に出て、川伝いに走ると、川原の公園が見えてくる。堤防を駆《か》け降《お》り、公園に着いた。

「おはよ」

管理棟《かんりとう》の影《かげ》からひょっこり洋太《ようた》が顔を出した。

「わっ」

まだ来ていないのかと思っていたので、こころはびくっと足を止めた。

「ごめん、びっくりした？」

洋太《ようた》は恥《は》ずかしそうに、上目でこころを見た。

「ううん。おはよ」

こころは笑顔《えがお》で、答えた。

「悪いね、朝早く」

「朝って、気持ちいいね」

大きく息を吸《す》うようにして、こころが言った。

二人はどちらからともなくストレッチを始めた。部活動でやっていることを一通りやり終えると、キャッチボールを始めた。肩《かた》がなれてきたところで、守備練習に入る。

「じゃ、フライ投げるよ」

こころは体を反《そ》らせて、空へ向かって球を投げた。球が秋空へ上がる。そのずっと高いところで、とんびが飛んでいる。とんびは球のことなど見向きもせず、悠々《ゆうゆう》と羽を広げて飛んでいる。放物線を描《えが》いて落ちてきた球を、洋太《ようた》はよろけながらキャッチした。

「ナイスキャッチ」

こころが声をかける。

洋太は笑顔《えがお》を作って、こころに球を投げ返した。

再びこころは球を投げ上げた。なるべく高いフライを作ってやろうと、上半身に力を入れる。しかし、空に向かって投げ上げるのは、けっこう難《むずか》しい。こころの低いフライを、上空のとんびが頭を下げるようにして見た。それから、何もなかったように、とんびはすうっと飛行を続けた。

(あの鳥のところまで行かないかな)

こころは、上空のとんびを目を細めて見つめた。

両足を開いて、今まで以上に体を反《そ》らせて、思いっきり投げる。さっきよりは球に勢いがついた。空に向かって球が上がっていく。しかし、やっぱりとんびまでの距離《きより》はほとんど縮《ちぢ》まらない。

ヒョールルルーと、空に響《ひび》き渡《わた》るような声でとんびが鳴いた。

（くっそお）

もう一度、力をこめて投げ上げる。

とんびはせせら笑うように、頭をキョロキョロ動かした。どうやらとんびの方も、繰《く》り返し上がってくる球に気づいているようだった。

次こそと思って、こころは投げる。でも、やっぱり届かない。いつの間にか、こころはとんびと勝負しているような気分になっていた。そんなことに気づかない洋太《ようた》は、落ちてくるフライを追って懸命《けんめい》にキャッチ練習をした。

（そうだ）と、ふと、こころは思いついた。

「ねえ、あそこから投げよっか」

こころは堤防《ていぼう》の上を指さした。

「堤防から？」

「あそこからなら、もっと高いフライが投げられると思う」

「なるほど」

洋太はうなずいた。

こころは堤防《ていぼう》を駆《か》け上った。

「いくよっ」

堤防の上から、下のグラウンドにいる洋太《ようた》を見おろす。それから、空を見上げた。堤防に上がっただけで、十メートルくらいはとんびに近づいた。とんびが少し大きく見えた。目をこらすと目やくちばしも見える。

（ようし）

こころは、じっととんびをにらむ。向こうもこっちを意識しているのか、挑戦的《ちょうせんてき》な目を向けてきた。

「ど、どうかした？」

ずっと空を見上げているこころを、グラウンドの洋太がきょとんとした顔で見た。

「あ、ああ、ごめん。いくよっ」

「おうっ」

洋太は、グラブを突《つ》き上げた。

こころは上体を反《そ》らせて右足に体重をゆっくり載《の》せた。それから体をバネのようにしならせると、腕《うで》を空に向かって振《ふ》り上げた。勢いよく球が空へ放たれた。すうっと伸《の》びていく。

(あっ)

とんびの近くまで球が上がった。しかし、ゆっくりと回っていたとんびの数メートル下のあたりで失速し、放物線を描《えが》いて落下を始めた。

(おしい……)

とんびは平然と同じように輪を描いている。

「うわあっ」

グラウンドの脇《わき》の草原《くさはら》の方で、洋太《ようた》が球をキャッチした。

「急にでっかいフライになったなあ」

洋太はうれしそうに球をつかんだグラブを掲《かか》げた。

洋太が下から、堤防《ていぼう》に居るこころに球を投げ返す。

(もうちょいだ)

こころは、また上空のとんびをにらむ。さっきのように右足にしっかり体重を載《の》せて体を反《そ》らせるといいような気がした。同じようなフォームを作って、こころは球を投げ上げた。

さらに勢いのいい球が空へ向かった。とんびの高さまで伸《の》びていく。一瞬《いっしゅん》、とんびがはばたき、軌道《きどう》を変えた。ヒョールルルーと、球を威嚇《いかく》するように鳴いた。

（やったっ）

とんびと会話ができた。手の届かなかった世界に、球といっしょに自分も行ったような気持ちになった。

（野球って、おもしろい）

こころは、思った。投げたり、打ったりして、球を遠くに飛ばすことで、空高くまで自分の気持ちを届けることができる。

（あの空から見おろしている気分て、どんなかな……）

相変わらず、悠々《ゆうゆう》と飛んでいるとんびを、こころは見つめた。

「なんで、さっきから、こんな方にばっかり投げるんだよ」

草原《くさはら》の中に立って、洋太《ようた》が口をとがらせた。

「ああ、ごめん」

こころは気づいて、あやまった。とんびのことを考えていたら、投げる方向が草原《くさはら》の方ばかりになっていた。

「もういっちょ、いくよっ」

こころは再び球を空に向かって投げた。体をしっかり反《そ》らせて、その反動を利用して投げると、球は高く上がっていくような気がした。何度も投げることで、自分なりにコツがわかってきたみたい。今度の球も、いい勢いで空へ上がっていった。

「おおっ、高い」

下で、洋太《ようた》の声がした。

白球が、青空に吸《す》い込《こ》まれていく。その瞬間《しゅんかん》、わきから黒い影《かげ》が飛び込んできた。球に向かって突進する。とんびだった。バサッと、大きなつばさが広がった。両足を突《つ》き出し、球に襲《おそ》いかかった。

「わあっ」

自分の叫《さけ》び声か、洋太の叫び声かはわからなかった。

驚《おどろ》いている二人を残して、とんびは両足で球をつかんだまま、空の遠くに小さくなって飛んでいってしまった。一瞬《いっしゅん》のできごとだった。

「すげえ……」

洋太《ようた》がため息まじりに、言った。

「こ、怖《こわ》いね……」

こころも、それだけ言った。野生動物の習性を間近で見たような気がした。

とんびが消えていった空のかなたを、二人は堤防《ていぼう》の上と下で息をするのも忘れて、ずっと見つめていた。

「ボール、もっていかれちゃったね」

しばらくして、思い出したように、こころが言った。

「ぼく、もう一個持ってる」

洋太はそう言うと、管理棟《かんりとう》のわきに置いてあったバッグのところへ走っていき、球を取ってきた。

二人はまた練習を再開した。こころは再び球を高く投げ上げた。

球を投げながら、こころは不思議な感覚がしていた。

さっきまでと違《ちが》って、気持ちが引き締《し》まっている。下で球を追ってキャッチする洋太《ようた》も集中している様子だ。怖《こわ》いことがあると、人の気持ちって、引き締まるものなのかもしれない。

さっきのとんびのキャッチングは思い出すだけでも鳥肌が立つほどに恐怖《きょうふ》だった。

(とんびのおかげだな)

こころは、思いきって大空高く球を投げ上げた。それを追って、洋太が真剣《しんけん》な表情で、球の落下方向へ走る。二人はこれまで以上に真剣になって練習を続けた。

「そろそろ時間だね」

「そうだな。いったん家に帰らないと」

二人は、練習を切り上げた。

堤防《ていぼう》の道を、こころと洋太は並んで歩いた。

「ポジション選考、がんばってね」

こころは、言った。

「うん。ちょっと自信ついた」

洋太《ようた》が照れくさそうに言った。

「そうっ」

こころは、ぱっと笑《え》みを洋太に向けた。

「さっきのさ、とんびのあれ、ヒントもらった」

洋太は少し赤くなりながら、言った。

「ボールに、とんびが襲《おそ》いかかっただろ」

「うん、怖《こわ》かったよね」

「あれなんだと、思ったんだ」

「あれって?」

「ぼくは、ボールが落ちてくるところに立ってグラブにボールが飛び込《こ》んでくるのを待っていた感じなんだ。けど、そうじゃなくって、落ちてくるボールに襲いかかるって感じでキャッチすればいいんだなって気づいたんだ」

「そっか」

「そ、それがいいのかどうか、わからないけどさ。でも、いつもフライの時は落ちてくるボールをどきどきしながら待ってたのが、ボールに襲《おそ》いかかるんだって思ったら、どきどきしなくなった」

洋太《ようた》はたどたどしくつっかえながら、言った。

「なるほど、すごいっ」

思わずこころは手をたたいた。

「こころ、さんの、おかげだよ」

顔を真っ赤にさせて、洋太は言った。こころと呼び捨てにしそうになって、さんを後からぎこちなくつけたようだった。

「ちがうよ」

こころが、首を振《ふ》った。

「えっ」

洋太が、こころを見つめる。

「とんびのおかげだよ」

こころがいたずらっぽく洋太《ようた》を見て笑った。

「あっ、そっか」

と、洋太もつられるように笑った。二人の笑い声が風に乗って堤防《ていぼう》の上を流れた。

「今日、がんばって」

こころは、もう一度、言った。

「あ、ありがと」

洋太ははにかんだような笑いを残して、自分の家の方へ歩いていった。

6――ポジション決定

外野の守備練習が始まったようだ。堂島《どうじま》さん、原田《はらだ》さん、佐々木《ささき》、洋太《ようた》の四人が、交代でノックを受ける。

この練習が、ポジション選考のテストとなる。小田原《おだわら》先生が、ホームベース付近からノックする。バットから快音が鳴り、球が勢いよく空に繰《く》り出される。大きなアーチを作り、球は外野へと落下していく。

こころは、どうしても目が外野の方へいってしまう。洋太は練習の成果を出せるだろうか。

――ライトのポジションは、絶対に守りたいんだ。

洋太の言った言葉が思い出された。

洋太《ようた》の順番になった。高いフライが上がった。

（がんば……）

こころは祈《いの》って、洋太を見つめる。

球はグーンと伸《の》びて、グラウンドの奥《おく》の方に飛んでいく。洋太が落下地点に向かって走る。スピードをゆるめてキャッチの姿勢に入った。それから、ふと、迷ったのか、ふらふらと前に進み、次に後ろへ下がった。

（やばっ）

こころが思ったとたん、球は洋太の頭を越《こ》えて後ろにポーンと落下して弾《はず》んだ。

「球が落ちる前に突《つ》っ込《こ》み過ぎだっ」

小田原《おだわら》先生から檄《げき》を飛ばされ、洋太は「すみませーん」と言って、後ろに転がっていく球を追っかけた。

（思いきっていったのにな……）

こころは、思わず息を吐《は》いた。とんびが球を襲《おそ》うようにいったつもりなんだろうと思った。タイミングが悪かったのかもしれない。

その後も、洋太《ようた》は幾度《いくど》かミスを繰《く》り返した。遠くから見ても、洋太のあせっている姿がよくわかった。

部活動の終了《しゅうりょう》時間になった。ミーティングを終えた後に、小田原《おだわら》先生が外野の四名を呼んだ。ポジションの発表だと、こころは思った。みんな、それがわかっているから、だれ一人として部室の方へ戻《もど》っていくものはいなかった。みんなが、遠巻きで四人と小田原先生を囲んで息を詰《つ》めた。

「それじゃ、外野のポジションを発表する」

小田原先生は、四人を見回した。

四人とも緊張《きんちょう》の面持《おもも》ちで、小田原先生を見つめる。

「レフト、原田《はらだ》」

「はいっ」

原田さんが張りのある声で返事をした。

みんなの視線が原田さんに集まった。原田さんはうれしそうに笑《え》みを浮《う》かべて、みんなの視線に応《こた》えた。

「センター、堂島《どうじま》」

「はい」

堂島さんが落ち着いた声で返事した。みんな、納得《なっとく》したようにうなずいた。

（あと一人……）

こころはぐっとつばを飲んだ。洋太《ようた》か佐々木《ささき》のどちらかだ。どちらにもポジションをつかんでもらいたいが、洋太の強い思いを聞いているから、こころは洋太になってほしいと願った。洋太も佐々木も緊張《きんちょう》した顔からは、笑いが消えている。こわばった表情で、小《お》田原《だわら》先生を見つめている。

「ライト、佐々木」

小田原先生が告げた。

「は、はいっ。よっしゃーっ」

佐々木が勢い込《こ》んで返事をして、ガッツポーズをした。みんながおおっと、声を上げ、拍手《はくしゅ》が起こった。

「森《もり》……」と、小田原先生は、洋太を見た。

「ボールに食《く》らいつこうとする積極的な姿勢が見えてよかった。新人戦は補欠に回っても
らうが、次にまたチャンスはある。がんばってほしい」

小田原《おだわら》先生は洋太《ようた》を気遣《きづか》うように言った。

洋太は「はい」と返事をして頷《うなず》いた。

「へへ、やっぱりね」

小田原先生の話を聞いたあと、洋太は笑顔《えがお》でみんなを見た。

「だいたい予想してたんだ。ぼくはベンチでの応援団《おうえんだん》にまわるよ」

洋太の声は明るかった。

「よし、たのむぞっ」

「洋太、応援団長なっ」

意外に元気そうな洋太の様子を見て、みんなほっとしたように、洋太に声をかけた。

「オッケー。応援団長、がんばりますっ」

洋太がおどけた調子でこたえると、みんなが笑った。

こころも、少しほっとしていた。昨日も今朝も、あれほどポジションがほしいとがんば

っていたことを思うと、悔《くや》しさはあるかもしれない。しかし、結果を聞いてさっぱりしている洋太《ようた》を見ると、男子ってそんなものなのかもしれないと思った。

解散して、みんなが部室へ向かう時に、こころは洋太に近づいた。

「あのさ……」

と、洋太に声をかけた。

振《ふ》り向いた洋太の顔を見て、こころは、一瞬《いっしゅん》、息をのんだ。洋太の目が赤くなっていた。声をかけたものの次の言葉がすぐに出ない。しまったと、思った。なんて言ったらいいんだろう。

「あの、がんばろうね……」

こころは、それだけ言った。

洋太は赤い目のまま表情をゆるませて、こくっと、うなずいた。そして、前を向くと足早に部室へと歩いていった。

7――チームワーク

翌日から、新しく決まったポジションでの練習となった。各ポジションについて、シートノックが始まった。哲平《てっぺい》とこころは、フェンス際《ぎわ》のブルペンでピッチング練習をする。

「ぼく、球渡《たまわた》しします」

洋太《ようた》は自分から進み出て、ノックをする小田原《おだわら》先生の後ろに立った。

「よし、じゃ、頼《たの》む」

小田原先生は、洋太が放った球を左手でつかむと、

「ファーストッ」と、指名した。

「おう」

村田《むらた》さんがグラブをたたいて返事する。

キンッ。小気味よい金属音。土を刻《きざ》むように、白球が走る。村田さんが数歩前進して、うまくバウンドに合わせてキャッチした。すかさず、ホームベースの洋太《ようた》に返球する。

「ナイスプレー」

グラウンドのあちこちで声が上がる。

「あっ」

洋太が声を出した。ぽろりと足もとに球が転がった。

「す、すみません」

洋太は赤くなって球を拾うと、小田原《おだわら》先生に手渡《てわた》した。

「次、セカンドッ」

シャープな振《ふ》りで、球が繰《く》り出された。岡本《おかもと》さんが、軽快なフットワークで捕球《ほきゅう》し、ホームへ投げ返した。

洋太はぎこちなく両手を伸《の》ばして、捕球した。今度はうまく捕《と》れた。洋太はほっとした顔をした。

「おい、どうした」

マウンド上の哲平《てっぺい》が、投球フォームを途中《とちゅう》でやめて、こころをのぞき込《こ》むように見た。

「あ、ああ、ごめん」

こころははっとして、目を哲平に戻《もど》した。

哲平はゆっくり両手を振《ふ》りかぶり、オーバーハンドスローで直球を投げ下ろしてきた。シュルルルッ。球の回転音がする。ズバンッ。いい音がミットに鳴った。勢いのある球だ。

新人戦が近づいてくるにつれ、哲平の球はどんどんよくなってきているような気がした。

「ナイスボール」

こころは、声をかけた。

「おうっ」と、哲平が表情をゆるめずに答えた。

新ポジションの発表がなされてから、チームの雰囲気《ふんいき》ががらりと変わったような気がする。新人戦に向かってみんなの気合いが高まっている。

でも、こころは、つい洋太《ようた》に目がいってしまう。唯一人《ただ》、レギュラーから漏《も》れてしまった洋太はどんな気持ちでいるのだろう。自分が入部したために一人あふれることになり、洋太《ようた》がレギュラーから漏《も》れてしまった。洋太が自分の練習もせず、下働きのようなことをやっているのを見るのは、なんとなく後ろめたい気がした。

「ライト、何やってるんだっ」

小田原《おだわら》先生の檄《げき》が、佐々木《ささき》に飛んだ。

「すみませーんっ」

目測《もくそく》を間違《まちが》えて突《つ》っ込《こ》んだ佐々木の頭上を、球が大きく越《こ》して、後ろに落ちた。高くバウンドして、球はフェンスを越えて草むらに入った。

あわてて球を探しにいこうと、フェンスへ走った佐々木を、小田原先生が呼び止めた。

「時間が惜《お》しい。後で探せ」と言って、再び、ライトへフライを上げた。

「はいっ」

佐々木は向き直り、空高く上がった球に注目した。

「ぼく、拾ってきます」と、洋太はフェンスに向かって走り出した。

「ありがとな」

小田原先生は洋太に声をかけると、次々にノックを打った。

洋太《ようた》はフェンスをよじ登ると、向こう側へ飛び降りて、草むらの中に入っていった。

「おまえ、どこ見てんだよっ」

マウンドの哲平《てっぺい》が、声を荒《あら》らげた。

「えっ」

こころは、はっとして哲平の顔を見る。

「え、じゃないよっ。おまえ、やる気ないんなら、やめろっ」

哲平がグラブに球を投げつけた。

「ごめん。さっ、来いっ」

こころは、哲平に向けて、ミットを突《つ》き出した。

哲平はまだ不満そうな顔をしていたが、「ちっ」と舌打《したう》ちして、グラブの球を握《にぎ》り直した。振《ふ》りかぶった大きな投球フォームから、投げ下ろしてきた。勢いのある球が真《ま》っ直《す》ぐにこころのミットに突《つ》き刺《さ》さる。

(自分の練習に集中しなきゃ……)

こころは球を哲平に投げ返した。

練習が終わり、部室に戻《もど》っても、みんなの会話は新人戦に向けての内容が多かった。

「一回戦の相手の城南中《じょうなんちゅう》は、打撃《だげき》のチームだからな。哲平《てっぺい》のできにかかってるぞ」

「バッチリっすよ」

先輩《せんぱい》に言われ、ここのところ調子がいい哲平は自信ありげに答えた。

「けど、けっこう飛ばすバッターが多いから、低め中心にいった方がいいな」

「ま、外野へ飛んできても、がっちり守りますから」

佐々木《ささき》が調子よく答えた。

「ばーか、おまえのライトが一番心配なんだ」

「え、そうすか」

佐々木が頭をかく。

「けど、堂島《どうじま》がセンターへ入ったからな」

「うん、それは大きい。いざとなったら、外野の三人分の仕事してくれよ」

二年生のだれかに言われて、堂島さんは笑っていた。

「なんか、さっき、おまえら言い合ってなかったか」

ふいに、佐々木《ささき》が哲平《てっぺい》に言った。

「べつに。こいつが、どっか向いてたから、怒《おこ》っただけだ」

哲平はこころをちらりと見て、不機嫌《ふきげん》そうにぼそっと言った。

「おい、肝心《かんじん》のバッテリーがよくないとだめだからな」

「木下《きのした》もだいぶキャッチャーらしくなってきたから、あとは哲平がフォローしろよ」

「はあ……」

先輩《せんぱい》たちに言われて、哲平はしぶしぶといった感じで返事した。

（あれ……）

こころは、部室内を見渡《みわた》した。

いつの間にか、洋太《ようた》がいなくなっているのに気づいた。さっきまで部屋の隅《すみ》で一人で着《き》替《か》えていたのに。

「おい、聞いてる？」と、先輩に言われた。

「え？　あ……」

「だから、キャッチングの構えをもう少し低めにした方がいいぞ」

「あ、は、はい」

こころは、あわてて返事した。

「大丈夫《だいじょうぶ》だろうな。キャッチャー、頼《たの》むぞ」

先輩《せんぱい》がおどけた調子で言って、みんなが笑った。

こころは赤くなってうつむいた。

「じゃ、一年生、戸締《とじ》まりよろしく」と言って、二年生たちは部室から出ていった。

一年生のこころと哲平《てっぺい》と佐々木《ささき》、大田《おおた》の四人だけになった。

「おまえさ、なんかさっきから変だよな」

哲平がこころの顔を見た。

「え？　べつに」

こころはさり気なく目をそらす。

「おまえ、何考えてんだ？」

哲平が言った。

「べつに、何にも」

こころは、うつむく。

「迷惑《めいわく》なんだよ。試合前だってのに、そんな態度《たいど》取られてよ」

哲平《てっぺい》が不気嫌《ふきげん》そうに言った。

「……」

「お、おい。もめるなよ」

佐々木《ささき》と大田《おおた》があわてて哲平を止めに入った。

「ほんとに、いま、チームワーク崩《くず》したら大変だぞ」

「特におまえら、けんかしてる場合じゃないぞ。先輩《せんぱい》にも言われただろ」

二人は真剣《しんけん》な顔で、言った。

「何考えてんのかわかんねえから、やりづらいって言ってんだよっ」

哲平が、強い口調で言った。

「……」

こころは、黙《だま》っている。

部室の中に、気まずい沈黙《ちんもく》が流れた。

「洋太《ようた》がどうかしたのかよ……」

哲平《てっぺい》がずっと思っていたことを切り出すようにつぶやいた。

「洋太？」

佐々木《ささき》も大田《おおた》も驚《おどろ》いたような表情で、哲平を見た。

「おまえ、洋太のこと、なんか気にしてるよな」

哲平が、言った。

哲平に目を見られて、こころは視線を泳がせた。

「どうしてだ」

哲平が、また聞いた。

「私のせいで洋太くんのポジションが……」

こころは口を開いたが、言葉じりがしぼんだ。

「え……」

佐々木も大田も驚いた表情でこころを見つめている。

「どういうことだよ……？」

哲平《てっぺい》は表情も変えずに、さらに聞いてきた。

「私が途中《とちゅう》で入らなかったら、洋太《ようた》くんは試合に出られたんだなって……」

こころは、途切《とぎ》れ途切れに、話した。

「だから？」

哲平の目は食い入るようにこころを見つめている。

「だからって……」

こころは哲平をにらみ返した。挑戦的《ちょうせんてき》な表情をしている哲平が憎《にく》らしくなった。

「洋太くんはレギュラーはずれてから、球拾いしたり、トス上げたり、バット片付けたりしてる。なんか元気ないし、今だっていつの間にか帰ってるし……。そのことだれも気にもしてない……」

こころは、言った。

「そう言えば……」

「そ、そうだったな……」

佐々木《ささき》と大田《おおた》は、はっとしたような表情で部屋を見渡《みわた》した。

「だから？」と、哲平《てっぺい》が言った。

「えっ？」

こころが、いらついた目を哲平に向けた。

「お、おい」と、佐々木《ささき》と大田《おおた》は哲平をなだめようとした。

「洋太《ようた》がレギュラー落ちしてかわいそうだから、おまえが代わってやるって言いたいのか」

哲平が感情を抑《おさ》えるようにして、言った。

「……」

「そうすりゃ、あいつ、喜ぶとでも思うのか。そんな単純なやつだと思ってんのか」

哲平に見られて、こころは目を伏《ふ》せる。

「だれだって試合に出たい。けど、チームが勝つために決めたベストのオーダーだ。洋太が試合に出たけりゃ、それだけの実力をつけるしかねえだろ」

「……」

こころは、唇《くちびる》をかんだ。哲平に理路整然と話され、悔《くや》しかった。そんなことは言われなくてもわかっている。けれど、洋太《ようた》の気持ちを考えて、新人戦のことだけを思っていられなくなったのだ。

「そんな甘《あま》っちょろい考えもっているやつが試合に出るなんて勘弁《かんべん》してほしいけど、洋太はキャッチャーできないし、おまえが出るしかねえんだよ」

「……」

「練習に集中もしないでよっ。ばかばかしいっ」

哲平《てっぺい》は吐《は》き捨《す》てるように言うと、ドアを強く閉めて出ていった。

「洋太のこと考えなかったわけじゃねえけど……。試合のことばっか考えてたな……」

大田《おおた》が、すまなそうに言った。

「たしかに、おれ、自分がレギュラーになって調子に乗ってたかも」

佐々木《ささき》が、こころの方をちらりと見て、ぼそっとつぶやいた。

「あいつ短気だからなあ」

「けど、ああは言ってるけど、哲平も洋太のこと考えてないわけじゃないと思う」

二人は言い訳でもするように言った。

「うん。わたしだって、どうしようもないと思ってる。ただ、言ってみただけ……」

こころはそう言うと、部屋の奥《おく》の自分の着替《きが》えスペースに入った。

「先、行くな」

「そんじゃな」

と、二人は部室を出ていった。

8――美術準備室

部室を出ると、美術準備室の窓が見えた。明かりがついている。

自然に校舎の方に足が向かった。暗い廊下《ろうか》を歩いて、美術準備室の前に来た。

(なんで来たのかな)

美術準備室の戸を見つめて、こころは思った。特に用があったわけでもない。ただ、窓の明かりを目にしたら、来てしまっただけだった。

(変なの)

自分でもそう思い、戸を開けるのがためらわれた。

「どうぞ」

中から、雨音《あまね》先生の声がした。雨音先生の勘《かん》は鋭《するど》い。曇《くも》りガラスで、廊下の様子などよ

く見えないはずなのに、戸の前に人が立つとわかるのだ。しかも、

「こころさん、でしょ」と、当てられた。

「あ、はい……」

こころは、どぎまぎして、戸を開けた。

「失礼します」と、中に入った。

「久しぶり」

雨音《あまね》先生は教卓《きょうたく》で生徒の作品をじっと見つめたまま、顔も上げなかった。奥《おく》の窓側のテーブルにいる片岡先輩《かたおかせんぱい》は、相変わらず粘土《ねんど》をこねているばかり。薄暗《うすぐら》い美術準備室。かすかに漂《ただよ》う油絵の具のにおい。この空間は以前と同じだった。

（そういえば、しばらく来ていなかった……）

こころは、美術準備室の中を一通り、見回した。古い美術書が収められている本棚《ほんだな》や、壁《かべ》に掛《か》けてある知らない風景画や人物像、テーブルに積まれた版画板、床《ゆか》も天井《てんじょう》も変わっていない。

自分が美術部にいたのはつい三か月前だったのだから、この部屋が変わっていないのは

あたりまえといえば、あたりまえなのだけれど。でも、もうなんだか、遠い昔のようにも思えてくる。

この部屋に来ると、ほっとした気持ちになる。それも変わらなかった。

こころは、数歩いて、テーブルの前のいつも自分が座《すわ》っていた椅子《いす》に腰《こし》かけた。壁際《かべぎわ》に立てられている本棚《ほんだな》に、こころのスケッチブックが置かれたままになっている。手を伸《の》ばして、それを取った。ぱらりぱらりと、ページをめくる。

描きかけの風景画、グラウンドから見た駒ヶ岳《こまがたけ》の絵があった。

（この絵の途中《とちゅう》で、野球部に転部したんだった……）

改めて、思った。

「それ、いつか完成させなきゃね」

こころの心の中を察したように、雨音《あまね》先生が言った。

「はい……」

こころは言われるままにうなずいた。

「ま、でも、野球部引退してからかな……。三年生の夏くらいにでも、続きをやってみたら」

雨音《あまね》先生はこころに向かい、笑《え》みを見せた。

こころは黙《だま》ってうなずいて、またスケッチブックに目をやった。

（三年生の夏か……）

駒《こま》ケ岳《がたけ》の上に広がる空を見る。雲が少し描《えが》かれているが、青空にしようかと迷い、そのまま途中《とちゅう》でやめてしまった。

（あれ……？）

ふと、こころは絵の右下に目をやった。手前にケヤキがあり、その向こうに田んぼが広がっているのだが、構図にゆがみが感じられた。

（この線、おかしいのかな……）

こころは、本棚《ほんだな》にあるペン立ての中から消しゴムを取りだした。田んぼを区切っている土手の線をすうっと消した。そして、またペン立ての中から、４Ｂの鉛筆《えんぴつ》を取りだした。

短い鉛筆。先がぎたぎたにむしり取られて、芯《しん》だけが異様に飛び出している。

（あの時の鉛筆だ）

折れてしまった芯《しん》を出すために、哲平《てっぺい》が爪《つめ》と歯で鉛筆《えんぴつ》の先をむしり取ったのだ。哲平の変な特技にはびっくりしてしまう。ぶかっこうに飛び出した芯と、ぎたぎたにむしり取られた鉛筆の先を、じっと見つめた。

このケヤキを描《か》いていたときに、空から球がやってきたのだ。とっさに、避《さ》けようとして、鉛筆を持ったままの手を挙《あ》げた。そこに球が飛び込《こ》んだ。鉛筆の芯が折れ、偶然《ぐうぜん》にも両手は球をつかんでいた。それがきっかけで、思いもかけず、野球部に入ることになってしまった。

この絵を見ながら、あの時のことを思い出すと、まるで、タイムスリップしたような気分になってしまう。あの時、球が飛び込んでこなかったら、私はあのまま、この絵を描き続けていたんだろうか。きっと、そうだと思う。絵を描くことが好きだった。だれとも話すこともなく、だれにも気をつかわずに、自分の見たまま、感じたままを、紙に表すことができる。それが一番自分に合っていると思っていた。

それなのに、よりによって団体競技の、しかも男子ばかりの運動部に入部してしまったのだから、驚《おどろ》いてしまう。

こころはギザギザの鉛筆《えんぴつ》で、土手の線を一本引き直した。線の角度を少し変えただけで、絵の全体が落ち着いた。

（これでよし……）

少し絵を遠ざけて、全体の構図を確かめるように眺《なが》めた。

（やっぱり、美術部に戻《もど》ろうかな……）

ふいに、そんな言葉が、胸の中で聞こえた。

（えっ？）

と、こころは自分で驚《おどろ》いた。そんなこと、一度も思ったことなどなかったのに。この絵を眺めていたら、ふいにその言葉が出てきてしまった。

「野球部、どう」

「えっ」

雨音《あまね》先生の問いかけに、こころは驚いて顔を赤らめた。先生が、まるで自分の心の中を見透《みす》かしているように思われた。

「ど、どうって……」

すぐに答えられなくて、こころは問い返した。

「ん？」

雨音《あまね》先生は顔を上げて、こころを見ると、また生徒の作品に目を戻《もど》した。そして、

「ふふ、べつに、ただ聞いただけ」と、軽く笑った。

「あ、はあ……」

顔が熱くなって、赤くなっていくのがわかる。

（先生、わかってる……）

こころは、思った。

自分がなぜ、ここにやって来たのか。自分でも意識していなかったことを、いや、意識しようとしていなかったことを、先生に見透《みす》かされていると、感じた。雨音先生は、いつもそうだった。多くのことを話さなくても、生徒の表情やしぐさで、どんなことを考えているのか、わかってしまっているようだった。

「絵に戻《もど》ろっかな」

さっき心の中に出てきた言葉が、今度は口から飛び出した。しまったと思ったが、遅《おそ》か

った。けれど、雨音《あまね》先生も、片岡先輩《かたおかせんぱい》もべつに驚《おどろ》いたふうもなかった。聞こえなかったのかもしれない。相変わらず、それぞれのことを続けている。ほっとして、こころはごまかすように、小さくせきばらいをした。

「どうして」

しばらくしてから、雨音先生が静かに言った。

（やっぱり、聞こえてた……）

こころは、雨音先生を見た。雨音先生の切れ長の目が、こころを見ていた。雨音先生と目が合うと、飲み込《こ》もうとした言葉が、また出てきた。

「野球部、やめた方がいいんじゃないかなって……」

今度は、はっきりと意識して言った。

「けがしてた先輩、帰ってきたし……」

こころは、言った。

「レギュラーになれなかったってこと？」

雨音先生はペンを止めて、こころの顔を見つめた。

「私がキャッチャーになったから、その先輩《せんぱい》のポジションが変わって、そのためにレギュラーから外《はず》れた人もいて……」

　こころはしゃべりながら、そうだったんだと、心の中で思っていた。そうだった。そのことを、自分は悩《なや》んでいたのだ。でも、考えてはいけないように思っていた。野球部に入って、がむしゃらに練習してきた。そして、キャッチャーになった。今度の新人戦にはレギュラーとして起用されることになった。そのことだけを目標にして練習に励《はげ》んできたけれど、実際《じっさい》そうなってみると、その結果、堂島《どうじま》さんが外野に回り、そのために洋太《ようた》がレギュラーから外された。途中《とちゅう》から入った自分が、もともといた堂島さんや洋太を押《お》しのけて、レギュラーとなってしまったのだ。そのことが、ずっと胸の片隅《かたすみ》に引っかかっていたが、それをだれにどう相談したらいいのか、相談したところで、どうなるものなのかわからずに、ただもやもやとしていた。そのことが、はっきりとしてきた。

「ふうん」と、雨音《あまね》先生は言ったきりだった。何も言わないで、また、ペンを動かし始めた。窓際《まどぎわ》の片岡《かたおか》先輩の声も聞こえない。

　二人とも何も言わないけれど、こころは言葉にしたことで、胸の中につかえていたものが何だったのかやっとわかったような気がしていた。

「美術部に戻《もど》りたいのなら、歓迎《かんげい》するけど……」

やがて、静かに雨音《あまね》先生は話し出した。

「野球部をやめようとする理由がよくわからないな」

雨音先生は、こころの目を見つめる。

こころは、目を伏《ふ》せて床《ゆか》を見た。

「野球部の部員が足りなくて入部を頼《たの》まれたことは知ってるけど、こころさん、野球部のために入ってやったの？」

「え……」

こころは言葉に詰《つ》まった。確かに、自分はけがをした先輩《せんぱい》がいて人数が足りなくなったために入部を頼まれて、入部することになった。そう思っていた。哲平《てっぺい》や洋太《ようた》に、かなり強引《ごういん》に入れられてしまった感じだった。

けれど、今こうして、雨音先生に、野球部のために入ってやったのかと言われると、返事に困ってしまう。本当にそうなのか。

(野球部のために入ったわけじゃない)

胸の中で、そんな言葉が聞こえた。

じゃあ、なんで入ったの？　こころは自分に問いかけた。

「野球が、好きだから……」

こころは自分の言葉をかみしめるように、小さくつぶやいた。

言ってみて、そうだと思った。そうだ、野球が好きになったから、入ったのだ。初めは偶然《ぐうぜん》に関《かか》わらされたことだったけど、知らず知らずに夢中になってしまっていた。だから入ったのだ。

雨音《あまね》先生は黙《だま》ったまま、深くうなずいた。それから、

「もう一つ、わからないこと」と、続けた。

「あなたのためにポジションを奪《うば》われた子は、なんのために野球部に入ってるのかな」

雨音先生の瞳《ひとみ》が、こころを見つめた。

こころは、雨音先生に見つめられて、はっとした。

(好きだからだ)

すぐにその言葉が、こころの中ではじけた。そうだ、堂島《どうじま》さんも、洋太《ようた》も、好きだから野球をやっているに違《ちが》いない。もしかしたら、自分なんかより何倍も純粋《じゅんすい》な気持ちで野球をやっているかもしれない。そう思ったとき、こころは自分の大きな勘違《かんちが》いに気づいたような気がした。自分が、堂島さんや洋太のために退部しようとするなんてばかげている。自分の思い上がりに過ぎない。二人に対して失礼な気がした。

こころは、すっといすから立ち上がった。

「あの、この絵、またいつか仕上げることにします」

と言って、こころはスケッチブックを棚《たな》に立てかけた。机の上の消しゴムと鉛筆《えんぴつ》を、棚のペン立ての中に戻《もど》した。

「そっ」

とだけ言って、雨音《あまね》先生はにっこり笑うと、また目を机の上に戻してペンを走らせた。

「また、遊びに来てもいいですか」

こころが言うと、

「どうぞ」

と、雨音《あまね》先生は顔を上げずに、そう言った。

こころが戸を閉めようとしたとき、奥《おく》の窓際《まどぎわ》でずっと粘土《ねんど》をこね回していた片岡先輩《かたおかせんぱい》が、そのかたまりを右手につかんで、黙《だま》ってこころに向かって差し出した。見ると、Vサインをした手の塑像《そぞう》だった。いつの間に作っていたのだろう。即席で作ったためにぶかっこうだが、力強いVサインだった。

「あ……」

こころは笑《え》みを浮《う》かべて、Vサインを返した。

片岡先輩は、ふっと、鼻から息を吐《は》いて少しだけ笑った。それから、粘土をまた机の上でつぶしてこねた。

「失礼しました」

と言って、こころは勢いよく美術準備室の戸を閉めた。

9――バント練習

こころが、家に向かって堤防《ていぼう》の道を歩いていると、川原のグラウンドの方から野球をする音が聞こえた。

（あれ？）

目をこらすと、川原のグラウンドで、キャッチボールをしている二人が見えた。いや、よく見ると、一人はバットをもっている。だんだん近づいていくと、二人の姿がはっきりしてきた。やっぱり。哲平《てっぺい》と洋太《ようた》に似た背格好だなと思っていたが、顔が見えるくらいになって、二人だとはっきりした。哲平が投げて、洋太が打っている。

（バント練習？）

洋太は、バントの構えをして、哲平の投げる球をバットに当てる練習を繰《く》り返している。

「そんな逃《に》げ腰《ごし》で、球に当てられるわけ、ねえだろっ」

哲平《てっぺい》が声を荒《あら》らげた。

「う、うん」

洋太《ようた》はバントできずに後ろへ転がった球を追いかけて走った。コンクリートの壁《かべ》に当たって止まっている球を拾うと、洋太は元の場所に駆《か》け戻《もど》り、哲平に球を放った。

「球から、目、離すなよ」

哲平はそう言うと、再び投球フォームに入った。

洋太がバントの構えをとった。真剣《しんけん》な表情で球を見つめる。しかし、球が手元まで来ると、逃《に》げるように体を起こしてしまった。

「まただ」

哲平に指摘《してき》されて、再び洋太は前傾姿勢《ぜんけいしせい》でバントの構えをとった。

哲平が、投げる。洋太がバントする。それを二人は何度も繰《く》り返している。球はなかなかバットに当たらなかった。当たったとしても、前に転がらず、ファールチップやキャッチャーフライばかりだった。

（なんで、バントの練習なんかしてるんだろう）

こころは堤防《ていぼう》の上から、二人の様子を見つめた。

「おまえ、本気になれよっ」

そのうち、哲平《てっぺい》がいらだった声を上げた。

「本気だよっ」

洋太《ようた》もうまくいかずにいらだっているようだった。

「そんなので本気って言えるか。球を怖《こわ》がって腰《こし》が引けてるじゃねえか」

「こ、怖がってないよっ」

「じゃ、もっと、顔を球に近づけろっ」

「わ、わかってるよっ」

二人は言い合い、それから哲平がまた投球した。しかし、洋太はどうしても打球の瞬《しゅん》間《かん》にのけぞってしまう。顔を背《そむ》けて、球を見ないから、空振《からぶ》りとなっているようだった。

「また、怖がった」

哲平に指摘《してき》され、洋太は悔《くや》しそうに無言で転がった球を拾いに走った。

「おまえ、そんなんじゃ、試合に出られねえぞっ」

哲平《てっぺい》が、洋太《ようた》の背中に罵声《ばせい》を浴びせた。

洋太は球を拾って振り返ると、怒《おこ》ったように哲平に投げつけた。泣いているような顔だった。

哲平はその洋太に向かって容赦《ようしゃ》なく、球を投げ込んだ。カツッ。球がバットにチップした。その瞬間《しゅんかん》、「痛っ」と、洋太の悲鳴が聞こえた。バットに顔を近づけて構えていた洋太のあごに、打球が直撃《ちょくげき》したらしかった。洋太はうずくまって両手であごを押《お》さえた。

「だいじょうぶかっ」

哲平があわてたように、洋太を見た。

「だいじょうぶ」

洋太は近寄ろうとした哲平を手で制して、近くに転がった球を拾うと投げ返した。

「今は、逃げなかったよ」

「ああ、まあな」

哲平はうなずいて、球をキャッチすると、また投球動作に入った。

何球か後に、コツッと、いい音がして、球が洋太《ようた》の足もとに落ちて転がった。

「あっ」

二人同時に叫《さけ》び声を上げた。

「できたっ」

洋太がバットをつかんだまま、両腕《りょううで》を掲《かか》げた。

「よっしゃ。ナイスバント」

哲平《てっぺい》がころころと転がってきた球をグラブですくい上げた。

「この調子だ、いくぞっ」

哲平がまた球を投げる。

しかし、球は洋太のバットに当たらず、またすり抜《ぬ》けた。

「く、くそっ」

洋太は悔《くや》しそうに、後ろに転がる球を追いかける。

「もういっちょ来いっ」

と、洋太は、拾った球を哲平に投げ返した。それを受け取って、哲平がまた投げる。

ずっと練習を繰《く》り返す二人を見つめながら、こころは二人の気迫《きはく》に押《お》しとどめられたように近づけなくなっていた。

（試合に出たいからやってるんだ）

さっき、哲平《てっぺい》が洋太《ようた》に叫《さけ》んでいた言葉を思い出した。

レギュラーをとれなかった洋太は、バントがうまくなることで、代打に起用してもらうことを考えたのだ。哲平と二人で考えたのかもしれない。

――「あなたのためにポジションを奪《うば》われた子は、なんのために野球部に入ってるのかな」

ふと、雨音《あまね》先生が言っていた言葉が頭の中によみがえった。

洋太の必死な顔を見ていたら、自分が身を引いて、洋太にレギュラーを譲《ゆず》るなんて安易に言えない気がした。洋太も野球が好きだからやっている。野球が好きだから、試合に出たいから、自分で頑張《がんば》っている。レギュラーから外《はず》れた洋太に遠慮《えんりょ》して、悩《なや》んでいること自体が、洋太に失礼な気がしてきた。

こころは、二人に気づかれないように、堤防《ていぼう》の上からずっと練習の様子を見続けていた。

10――手のひら

「こころ、久しぶりにキャッチボールするか」

めずらしく早く帰宅したとうさんが、ネクタイを外《はず》して言った。

「あ、うん。やろっ」

お風呂《ふろ》に入ろうかなと思ってたところだったけど、こころはとうさんとキャッチボールすることにした。ここのところとうさんは帰りが遅《おそ》くなって、いっしょに練習することも少なくなっていた。

「あ、ぼくもやるっ」

テレビを見ていたひびきが、ぱっと立ち上がった。

「ちょっと、待ってよ。もう夕ご飯できるんだから」

かあさんが台所からあわてたように出てきた。

「少しだけだよ。たまに早く帰ってきたんだから」

とうさんは、もうジャージに着替《きか》えている。

「せっかくみんなで早く夕食が食べられるのに」

かあさんがふくれた顔を見せる。

「まあ、ちょっとだけ」

と言って、とうさんはスニーカーを履《は》いて、外へ出た。

「じゃ、十五分だけよ」

と、とうさんの背中へぶつけるように、かあさんが言った。

「あんたたちだって、宿題もあるのに」

かあさんの小言が始まりそうになったので、こころとひびきもあわててシューズを履いて、グラブを持って外に飛び出した。

秋の夕暮れはあっという間に暗くなる。こころが帰宅する頃《ころ》は、西の空に夕焼けの明かりがうっすらと残っていたのに、今はもう星がいくつか見える夜空に向かっている。家の横の道路の街灯《がいとう》はすでにともっている。

「新人戦、近いんだよな」

とうさんが、球を投げてきた。

真《ま》っ直《す》ぐに走るいい球が、こころの胸元《むなもと》に届く。パーン。いい音。やっぱり大人の球だ。

ミットに重みが伝わる。

「あさって」

こころが、球を投げ返す。ピッと、指先に球離《たまばな》れの感触《かんしょく》をもった。

「どうだ、調子は」

とうさんの声とともに、街灯の向こうのうす暗がりから黒い球がやってきた。黒い球は、街灯の下でふっと白く変わり、再び黒くなって、ミットに飛び込《こ》んだ。パーン。甲高《かんだか》い音がアスファルトの路面に響《ひび》く。

「まあまあ、かな」

こころは黙《だま》って、さらにスナップをきかせて投げ返した。とうさんのミットに届いていい音がした。

「いい球、投げるようになったな」

「そうかな」

言葉を交《か》わしながら、球を投げる。球が言葉を運んで往復する。

「公式戦のデビューだな」

「うん」

「緊張《きんちょう》してるか」

「べつに」

こころは力をこめて投げ返した。街灯《がいとう》の下で、ふっと白く浮《う》き上がった球が、すうっと黒く消えていく。しばらくして、ぱーんと、向こうでとうさんのグラブが鳴った。

(もしかしたら、このために早く帰ってきたのかな)

こころは、とうさんを見た。街灯の向こうは薄暗《うすぐら》くて、目をこらしてもとうさんの表情はわからなかった。

「ねえ、そろそろ代わってよ」

壁《かべ》にボールをぶつけていたひびきが、言った。

「もうちょっと」

こころは背中を向けたまま、ひびきに言って、とうさんの球をキャッチした。

「もうちょっとって、いつまで待たせるんだよっ」

ひびきが、こころの尻《しり》にボールをぽこんとぶつけた。

「痛いなっ」

こころが振《ふ》り向いて怒《おこ》った。

「代わらないからだっ」

ひびきは路面を弾《はず》むボールをつかんで、さっとこころから逃《に》げた。

「わかった、わかった。ひびき、姉ちゃんとやれ」

向こうの暗がりから、とうさんの声がした。

「やだ、とうさんとやる」

ひびきは首を振った。

「こっちは、新人戦控《ひか》えてんだよ」

こころが、ひびきをにらんだ。

「ぼくだってうまくなりたいんだよっ」

ひびきがにらみ返す。

「わかった。じゃ、十球な」

とうさんが言った。

「三十球」

ひびきがかぶりを振《ふ》った。

「だめ、二十球」

腰《こし》かけたこころが、声を強めた。

ひびきはそれで承諾《しょうだく》したのか、黙《だま》ってとうさんに向かって球を投げた。

「イーチ」と、こころが数えた。

「ひびきも中学に入ったら、野球部か」

とうさんが、聞いてくる。

「うん。キャッチャー」

ひびきはうれしそうに声を弾《はず》ませて、球を投げた。

「ニーイ。あれ、ヒビ、ピッチャーじゃなかったっけ」

こころが思わず口をはさんだ。

「いま、変えた」

ひびきが球を投げながら、言った。

「えっ、どうして」

「ココねえより、うまくなる」

「ばーか、キャッチャーはそんなにあまいもんじゃないんだよ」

「わかってるよ。けど、ココねえだってやってるじゃんか」

ひびきは背中を向けたまま言い返しながら、ボールを投げる。

「どのポジションも大事だ。それが、補欠《ほけつ》であってもな」

向こうからとうさんの声とともに、山なりのやわらかい球が飛んできた。ひびきは真剣《しんけん》な表情で、それをうまくキャッチした。

「野球は、みんなでやるものだからな」

球の後から、とうさんの声がまた届いた。

「わかってるよ、そんなこと」

ひびきは、当然のことのようにつぶやいて、球を投げ返した。

(私に言ったのか?)

こころは、向こうの薄暗《うすくら》がりにとうさんの表情を探った。けど、やっぱり見えなかった。

ふと、洋太《ようた》のことが思い出された。外野手の補欠《ほけつ》となった洋太。補欠になっても、哲平《てっぺい》と川原の公園でバント練習をやっていた。

(あ、いくつだったかな)

数えることをすっかり忘れてしまっていた。

「ジュー」と、てきとうに言ってみた。

「九だよっ」

ひびきは球を投げた後、くるりとこころの方へふり向いて口をとがらせた。

「あ、ごめん」

(ばれたか……)

こころは舌《した》を出した。

「二十。はい、終わり」

こころが二十回を告げると、ひびきは素直《すなお》にキャッチボールをやめた。

「テレビ見よっと」と言うと、走って玄関《げんかん》に入っていった。

こころは、とうさんとのキャッチボールを再開した。

「本番の試合って、緊張《きんちょう》するかな……」

球を投げながら、こころがつぶやく。

「ん？」と、とうさんは、球を投げ返してきた。

「練習試合より、緊張するかな……」

こころが、また投げる。

「ふふ、緊張してるのか」

とうさんは、ほほ笑《え》んでいるようだった。

「ちょっとね」

こころもはにかんだような笑みを浮《う》かべた。

「緊張感と集中力は根っこは同じだ」

とうさんがぴっと勢いのある球を投げ込《こ》んできた。パーンと、こころのミットが鳴る。

「同じ……?」と、こころが球で聞き返す。

「強い選手は、緊張感《きんちょうかん》をさらに集中させて高い集中力へもっていく」

とうさんの力強い球がこころのミットに響《ひび》いた。

こころは、黙《だま》って球を投げ返す。

「集中すれば、ビビることとなんてない」

パーンと、とうさんの球がこころのミットで鳴った。

(集中、か……)

こころは、ミットからとうさんの投げた球をつかんで見つめた。

「さてと、もう入らないと、かあさんに叱《しか》られるな」

とうさんは、ゆっくりこころの方へ歩いてきた。こころの前に立つと、つっと右手を差し出した。

「え?」

こころは、差し出されたとうさんの右手をぽかんと見る。

「ほら」と、催促《さいそく》され、こころはとうさんと握手《あくしゅ》をした。

「なんで？」

意味がわからずに、こころはとうさんに聞いた。とうさんの手を握《にぎ》るなんて、久しぶりだ。大きくて固い手。

「確かに冷たいな。緊張《きんちょう》している人の手は冷たい」

とうさんはこころの手を握ったまま、言った。

（へえ……）

とうさんの手は温かかった。

「目をつぶって、手のひらに集中してみな」

とうさんに言われて、こころは目を閉じた。

「とうさんの手のひらの鼓動《こどう》を感じられるか」

「手のひらの鼓動？」

目を閉じたまま、こころは首をかしげる。とうさんの手のひらはごつごつしていて、鼓動なんて感じられそうにない。

「自分の手のひらと相手の手のひらだけに、ただ集中するんだ」

「……」

こころは息を止めるくらいに意識を右手に集中した。

「あっ」

わかった。とうさんの手のひらから、どっくんどっくんとかすかに鼓動《こどう》が伝わってくる。

「感じたか」

「うん」

目を開くと、笑顔《えがお》のとうさんがこころを見ていた。

「どうだ、落ち着いてきただろ」

「あ、うん」

鼓動とともにとうさんの温《ぬく》もりが、自分の体の中に流れ込《こ》んでくるような気がした。

「高校の時に、試合前、とうさんたちがやってたことだ。集中して、仲間の温もりと鼓動を感じる」

ふふと、笑って、とうさんは静かに手を離《はな》した。

「へえ……」

「集中すれば、怖《こわ》いことなんてない。仲間と思いっきり楽しんでこい」

「うん」

こころは力強く返事して、とうさんの後に続いて玄関《げんかん》に向かった。

「あ、そうだ」

こころはとうさんの背中に声をかけた。

「ん？」と、とうさんが振《ふ》り向く。

「この前ね、これ、いいミットだなって、堂島先輩《どうじませんぱい》言ってた」

こころは、左手にはめているミットをとうさんに見せた。

「ふふ、そうか」

とうさんが笑った。

「高校時代、小遣《こづか》いためて、やっと買ったやつだからな」

「ふうん」

「そのミットも、こころと同じ公式戦デビューだ」

とうさんのおだやかな笑《え》みが、街灯《がいとう》に照らされた。

「えっ」

こころは驚《おどろ》いて、ミットをじっと見つめる。

そして、右手のこぶしをぽんと、力強くミットに突《つ》き立てた。

11――集中

いよいよ新人戦の日となった。

会場は三か所に分かれて、試合が行われる。この会場にも、各チームを乗せた貸切バスが、駐車場《ちゆうしやじよう》に次々と入ってきた。

「やっぱり大勢いるところは違《ちが》うな」

大型バスから次々に降りてくる選手たちを見ながら、佐々木《ささき》がうわずった声で言った。

「あれ、城南中《じようなんちゆう》だ。さすが優勝候補だけあって、雰囲気《ふんいき》あるな」

原田《はらだ》さんが、言った。

みんなが緊張《きんちよう》の面持《おもも》ちで、うなずいた。

城南中というチームがどれほど強いのかは知らなかったが、先輩《せんぱい》たちの表情で、こころにもそれは十分に伝わった。

「さ、急いで準備だ」

堂島《どうじま》さんが言って、みんなは荷物を持って待機所へ向かった。

割り当てられた練習を済ませ、開会式が始まった。各校がそれぞれ列を作って並ぶ。並んでいるとき、こころは、時々、他校の選手からの視線を感じた。短髪《たんぱつ》にして帽子《ぼうし》をかぶり、ユニフォーム姿だから、女子であることはあまり気づかれないのだが、それでも変に思った人がこちらを見ているようだった。周りの背の高い男子にすっぽり埋《う》もれたように囲まれながら、こころは帽子のつばを少し引き下げた。

(集中……)

こころは、じわりと汗《あせ》をかいている手のひらをユニフォームのズボンにこすりつけた。

開会式が済み、いよいよ試合開始。第一戦が、亀《かめ》が丘中《おかちゅう》対東中《ひがしちゅう》だ。ホームに立った三人の審判《しんぱん》の前に、それぞれ一列に向かい合って並んだ。

「おねがいしますっ」

礼が終わると同時に、先攻《せんこう》である東中は一塁側《いちるいがわ》ベンチに、後攻《こうこう》である亀が丘中は守備のポジションについた。

「がんばっ」

ベンチに座《すわ》った洋太《ようた》が、高い声を張り上げた。そのとなりに、小田原《おだわら》先生が足を組んで見守っている。

試合開始前に許された準備投球の七球を、哲平《てっぺい》が投げた。高め、低め、と、やや制球が乱れた。七球目を捕球《ほきゅう》すると、こころはファーストへ投げた。多少山なりだが、やっとファーストまで届くようになった。ファーストの村田《むらた》さんは捕球してすかさず、セカンドへ送球。セカンドからショート、サードへと球は回され、ピッチャーに戻《もど》った。

「プレイボール」

審判《しんぱん》の声がグラウンドに響《ひび》いた。

「しまっていこうっ」

こころはホームベース前に進み出て、声を張り上げた。少し小さい声になってしまった。

「おうっ」

外野、内野から、声が返ってくる。

こころはキャッチャーマスクを顔に下ろし、キャッチャースボックスにしゃがんだ。

（始まった……）

ことんと、心臓の音に気づいた。いつの間にか鼓動《こどう》が速くなっている。ドク、ドクと、耳の鼓膜《こまく》に響《ひび》いている。

（緊張《きんちょう》してる……）

自分で思った。そのことにも気づかないほど、緊張していたんだと改めて思った。ミットの中が汗《あせ》でぐっしょり濡《ぬ》れている。呼吸《こきゅう》が少し震《ふる》えている。逃《に》げ出したいけど、逃げるわけにはいかない。

（がんば……）

こころは、自分自身に言い聞かせた。

「おすっ」

一番バッターがあいさつして、バッターボックスに入ってきた。

マウンド上で、哲平《てっぺい》がこころのサインを見る。配球のサインはこころが出すが、決めるのはほとんど哲平だ。内角低め、直球に、哲平はうなずいた。

「一発かませっ」

一塁側《いちるいがわ》ベンチから声援《せいえん》が上がっている。口々に何を言っているのかわからないくらい騒然《そうぜん》としている。

（ちゃんと、捕《と》らなきゃ……）

鼓動《こどう》はいっそう速くなっていた。ぐっと、つばをのどの奥《おく》に飲《の》み込《こ》んだ。

哲平《てっぺい》は大きく振《ふ》りかぶり、第一球を投げてきた。

（あっ）

走ってくる球を見たとたん、まずいと思った。あきらかにサインと球筋が違《ちが》う。球は、とっさに伸《の》ばしたミットのさらに外角を大きくそれた。球にミットを当てることもできず、後逸《こういつ》した。バックネットに当たり転がる球を、こころはあわてて拾って、哲平に投げ返した。

哲平は、はにかんだ表情を見せ、球を受け取った。サインを確認《かくにん》して、再び投球フォームに入った。第二球。今度は内角にそれた。打者がのけぞって逃《に》げた胸元《むなもと》ぎりぎりをかすめた。こころはまた捕《ほ》球《きゅう》できず、球拾いに走った。こころの返球を受けてから、哲平は足もとの土をザッと一蹴《ひとけ》りした。大きく息を吸って、気持ちを落ち着かせようとした。しかし、三球目、四球目も制球できず、結局、四球でフォアボールを出してしまった。

「おいおい、ピッチャーどうしたっ」

「早くも一塁《るい》だよっ」

相手ベンチからヤジがわき上がった。

「ドンマイ、ドンマイ」

味方の内野から声がかかる。

いくつもの声が哲平《てっぺい》の背中にかけられ、哲平は表情を硬《かた》くした。

二人目の打者が、入った。

（な、なんとかしなきゃ）

そう思いながら、こころはどうすることもできないでいた。構えたミットが小刻《こきざ》みに震《ふる》えている。その震えを押《お》さえようとミットに当てた右手までが震えている。

（まだ、一球も捕《と》っていない……）

自分のことで精一杯《せいいっぱい》だった。哲平が投げた四球を、まだ満足に捕球《ほきゅう》できていなかったのだ。三球目は捕《と》ったと思ったのに、ぽろりと下にこぼした。四球目はまた後逸《こういつ》した。

哲平《てっぺい》が投げてきた。低めのボールだった。サインとはずれたコースだったが、必死にミットでつかんだ。球はなんとかミットに収まった。

（よっしゃ）

こころはミットを通して球の感触《かんしょく》を感じた。

「ナイスボールッ」

思わず気をよくして声を上げた。

（しまった……）

哲平の表情を見て、すぐに気づいた。ナイスボールなんかじゃなかった。自分が捕球《ほきゅう》できたことで気をよくしてしまったが、哲平の制球は相変わらずできていないのだ。

哲平は不機嫌《ふきげん》そうにこころの球を受けた。二球目、三球目もボール。四球目はストライクを取ったが、五球目はボール。この打者もフォアボールとなった。

それでも捕球ができるようになると、こころの震《ふる》えは収まってきた。心臓の高鳴りも手のひらの汗《あせ》も収まってはいないが、真っ白だった頭の中で、少しずつ目に入る風景が意識できるようになってきた。

気づくと、哲平《てっぺい》の顔は青ざめていた。あきらかに、いつもの哲平ではない。考えてみれば、哲平にしたって公式戦で投げるのは初めてなのだ。

(がんばって)

こころは、哲平をじっと見つめた。

哲平は両肩《りょうかた》を上げてからすとんと落とすしぐさをした。そして、大きく深呼吸。なんとか自分で気を落ち着かせようとしている。

三番打者となってしまった。あまい球は要注意だ。しかし、今の哲平はそれどころではない。ストライクを入れることさえできていないのだ。結局、この相手にもフォアボールを許してしまった。

とうとう満塁《まんるい》となり、そして、四番打者。試合は始まって五分もたっていないというのに、最大のピンチを迎《むか》えてしまった。

マウンドにみんなが駆《か》け寄った。こころも、走った。

「あせるな」

「いつも通りやればいいんだ」

「打たせていけ」

口々に仲間が言うことを、哲平《てっぺい》は上《うわ》の空でうなずいた。しかし、こわばったような表情はやわらぐことはなかった。悔《くや》しそうに唇《くちびる》をかんだままだ。

こころはうまく言葉をかけることもできないでいた。数分前の練習の時までは入っていたストライクが、試合が始まったとたん入らなくなってしまっている。それは、体調のせいでも、技術的な理由でもないと思った。気持ちだ。哲平自身の気持ちがそうさせてしまっている。でも、その気持ちをどうやってほぐしたらいいのか。いまだに緊張《きんちょう》している自分が、哲平にうまい声かけなどできそうになかった。

「哲平、バックを信じろっ」

最後に、堂島《どうじま》さんが哲平の背中をどんとたたいて、みんなは守備に戻《もど》っていった。

結局、こころは哲平に何も声をかけられなかった。

「しまっていこうっ」

ホームから叫《さけ》んだが、声が裏返ってしまった。相手ベンチから笑い声が聞こえた。やり直すこともできず、気まずい気持ちのまましゃがんだ。

四番打者が構えた。大柄《おおがら》で力のありそうな選手だ。見るからに打ちそう。

哲平《てっぺい》は、ふうっと、ひと息はいてから、こころのサインをのぞき込《こ》んだ。外角低めのサインで、哲平はうなずいた。投げてきた。構えた外角低めとは反対側の内角に大きく外《はず》れた球。ボール。相変わらず、哲平は制球に苦しんでいる。いらいらしたように、哲平は足もとの土をけった。

二球目。再び外角低めのサインだったのに、球は真ん中高めにあまく浮《う》いてきた。まずいと、思った瞬間《しゅんかん》、バットが振《ふ》られた。キンッ。かたい金属音。強い打球は、地面をすべるように転がった。セカンドの岡本《おかもと》さんが飛びついたが間に合わず、センターへ抜《ぬ》けた。三塁《るい》走者があっさりホームイン。続いて、二塁走者も突《つ》っ込《こ》んでくる。こころは、ホームベースに立ち、返球を待った。ようやくセンターの堂島《どうじま》さんが球に追いついて、すぐに全力で投げた。球は勢いよく飛び出した。

（く、来る……）

真《ま》っ直《す》ぐに飛んでくる球を、こころは緊張《きんちょう》して見つめた。

（捕《と》らなきゃ）

震《ふる》える気持ちを抑《おさ》えて、こころはミットを出した。バシッ。うまく収まった。球をつかんだミットでタッチしようと、体をランナーに向けた。大柄のランナーがホームベースに飛び込《こ》んできた。そこにめがけてミットを突《つ》き立てるように、腕《うで》を伸《の》ばした。

その瞬間《しゅんかん》、どんっと、強い衝撃《しょうげき》とともに、はね飛ばされた。背中が地面にたたきつけられた。一瞬、息が止まった。どうなったのか、わからない。

「球っ」

哲平《てっぺい》の声に、こころははっとした。ミットを開いてみると、球がない。ど、どこ？ ところは首を上げて辺りを見回した。球は、向こうに転がっている。しまった。体を伸ばしても届かない。哲平が駆《か》け寄り球をつかんだ。球を持ったまま、哲平がホームベースに飛び込むのが見えた。三人目のランナーが突っ込んできていたのだ。

「アウトッ」

審判《しんぱん》の声がした。

その間に、打ったランナーは二塁《るい》に達していた。二点が入った。

「よっしゃーっ」

「ナイスランッ」

一塁側《いちるいがわ》ベンチが手をたたき盛り上がった。

こころは、立ち上がった。ユニフォームのそこら中が土まみれになっていた。

「大丈夫《だいじょうぶ》か」

哲平《てっぺい》はこころを見た。そう言っている哲平の顔も青い。

「ごめん、ふっ飛ばされちゃって……」

こころは、足や腰あたりをぽんぽんとたたいた。肩《かた》や背中の痛みに、男子の体重や力の強さを感じた。ぶつかってこられた瞬間《しゅんかん》、恐怖《きょうふ》を感じた。気づくと、足が震《ふる》えている。

しかし、同時に悔《くや》しい気持ちがわき上がってくるのを感じた。

「悪《わ》りいな……」

哲平はこころに目を合わせずに言うと、マウンドに戻《もど》っていった。

「しまっていこうっ」

こころは、位置についてしゃがんだ。

ワンアウト、ランナー二塁《るい》で、次は五番打者。二点を入れられ、ピンチは続いたままだ。

（なんとか、ここを切り抜《ぬ》けなければ……）

こころは祈《いの》るように、哲平《てっぺい》を見つめた。

哲平が初球を投げてきた。やはり、ボール。相変わらず、哲平は制球に苦しんでいる。二球目、三球目もストライクを取れず、四球目で、またもフォアボールを出した。これで四人目。

「ドンマイ、ドンマイ」

「落ち着け」

味方から声をかけられるが、耳に入らないのか、それに答えようともせず、哲平はしきりに足もとの土をけっている。

六番打者へ、哲平が初球を投げた。大きく外《はず》れたボール。

「ヘイヘイ、ピッチャー、どうしたっ」

「球、入らないよっ」

一塁側ベンチのヤジがまた始まった。

哲平《てっぺい》はちらっと一塁側《いちるいがわ》に目をやって、チッと舌打《したう》ちした。

こころは思わず、立ち上がった。マウンドへ向かって歩き出す。

「きみ、どうしたの？」

審判《しんぱん》に声をかけられた。

「あ、すみません。ちょっと、タイム……」

こころは振《ふ》り返って、審判に頭を下げた。

マウンドまで行き、哲平の前に立つと、こころは黙《だま》って右手を差し出した。

「なんだよ」

哲平は驚《おどろ》いたような顔を見せた。

「集中するために、握手《あくしゅ》」

こころは、手を差し出したまま、哲平の目を見つめた。

「えっ？　な、なんだよ」

哲平は、こころの差し出した右手を見て、口をとがらせた。

「いいから」

こころが、催促《さいそく》する。

「なんでそんなことすんだっ」

「いいから、落ち着くから」

「ばか言え、そんなことで落ち着くか」

「集中できるから」

「なんでこんなとこで握手《あくしゅ》しなきゃなんねえんだ」

マウンド上で、こころと哲平《てっぺい》がなにやらもめ始めているのを、みんなも気づきだしたようだった。

「おい、どうした?」

セカンドの岡本《おかもと》さんが、声をかけてきた。

「あ、なんでもないです」

こころは、岡本さんに答えてから、

「とにかく早くっ」と、真剣《しんけん》な顔で右手を哲平の前に突《つ》き出した。

引き下がりそうにないこころの勢いに押《お》されて、哲平はしぶしぶ右手を差し出した。その手をこころがぎゅっと握《にぎ》った。哲平《てっぺい》の手のひらは分厚《ぶあつ》くごつごつとした豆があった。

「目を閉じて、私の手から、心臓の鼓動《こどう》を感じて」

こころに言われて、哲平はけげんな表情をしたが、しかたなく目を閉じた。

「手に意識を集中させると、相手の鼓動がわかるんだ」

「わかんねえよ」

「手だけに集中して」

と、言って、こころも目を閉じた。息を詰《つ》めて、右手に意識を集中した。すると、かすかに哲平の手のひらに脈が打つのを感じた。

「わかる……」

こころは静かにつぶやいた。不思議と落ち着いた気持ちになっている自分にも気づいた。

「わかるかよ……」

哲平が言うのをさえぎり、

「いいから、集中」

と、こころに強く言われて、哲平は目を閉じたまま黙《だま》った。

「……」

言われるまま、こころの脈を感じるように、哲平《てっぺい》はじっと頭を垂《た》れた。

「あっ」と、哲平が声を出した。

「感じた？」

「ああ……」

「でしょ」

「ぴくっ、ぴくっとした、気がする……」

哲平は目を閉じたまま、言った。しばらくそれを確かめるように黙《だま》った。そして、静かに手を離《はな》した。

「すげえな」

哲平は、目をあけた。

「集中すれば、ビビらないんだって」

こころが真《ま》っ直《す》ぐに哲平を見つめて、言った。

「わかった」

哲平《てっぺい》は力強い目で、こころの瞳《ひとみ》を見た。青ざめていた哲平の顔には、赤みが戻《もど》っていた。

「時間を考えなさい」

審判《しんぱん》から注意があった。

「すみません」

こころは走って、ホームに戻った。

「しまっていこうっ」

こころが両手を挙《あ》げると、「おうっ」と、味方から声が返った。

哲平はこころのサインをうかがった。いつもの落ち着いた目に戻っていた。

（このミットだけに集中して……）

こころはミットを構え、哲平を見守った。

第一球を投げてきた。勢いのある直球。空気を切る回転音がした。ズバンッ。

「ストライークッ」

（よっしゃっ）

球の重みがミットから伝わってくる。哲平のいつもの重みだ。

「ナイスボール。その調子っ」

こころが球を投げ返す。

ぐっと、うなずいて、哲平《てっぺい》は白い歯を見せた。やっとこぼれた笑顔《えがお》だ。

二球目も内角低めに直球が決まった。哲平のしぐさが見違《みちが》えるように落ち着いてきた。

三球目のカーブを、打者は打ちに出た。タイミングが狂《くる》ったのか、ぼてぼてのサードゴロ。サードの大田《おおた》が前にダッシュして捕球《ほきゅう》し、二塁《るい》へ送球。さらに、二塁から一塁へ。

ゲッツーでスリーアウトチェンジとなった。

「やったー。ナイスプレー」

三塁側ベンチの洋太《ようた》が飛び上がった。

「ナイスピッチ」

「よく抑《おさ》えた」

ベンチに戻《もど》ってくるみんなから頭や背中をたたかれて、哲平はうれしそうにした。

「ありがと。こっからだな」

哲平は、こころのそばに来ると、小声で言った。

「うん」

こころは笑《え》みを返して、プロテクターをはずした。

「初回の二点は気にするな。まだまだ試合は始まったばかりだ。これから一点ずつ返していこう」

小田原《おだわら》先生が言った。

「おうっ」

円陣《えんじん》を組んだみんなが、威勢《いせい》よく返事した。

一回裏の攻撃《こうげき》はあっさり抑《おさ》えられ、三人で攻撃は終了《しゅうりょう》した。だが、哲平《てっぺい》も本来の調子が戻《もど》ってきて、二回以降は得点に結びつくようなランナーを塁《るい》に出すことはなかった。打《だ》撃戦《げきせん》かと言われていた予想とは違《ちが》い、無得点が続く、締《し》まった内容の試合となった。

五回裏、亀《かめ》が丘中《おかちゅう》にチャンスが巡《めぐ》ってきた。六番大田《おおた》からの打順で、トップバッターの大田が四球を選び、出塁。続く七番の村田《むらた》さんの打球がイレギュラーし、内野安打となった。大田はうまく走塁して三塁に進み、ノーアウト一、三塁。そして、八番佐々木《ささき》が外野にフライを飛ばし、タッチアップで三塁走者が生還《せいかん》し、一点が入った。村田さんも二塁に進塁《しんるい》。ワンアウト、一打同点のチャンスで、九番こころに打順は回ってきた。ここで同点に追いつけば、試合の流れは一気にこちらにやってくる。このチャンスをものにしたいところ。

（なんとかもう一点）

こころは祈《いの》るようにバットを握《にぎ》って、三回目のバッターボックスに向かった。打撃《だげき》練習はそれなりにやってきているが、正直なところあまり自信はなかった。キャッチャーの練習に時間を割《さ》いてきたために、フォームにも振《ふ》りの速さにも課題は残っている。今日も、一回目は三振《さんしん》、二回目はやっと球に当てたが平凡《へいぼん》なピッチャーフライに倒《たお》れてしまっている。でも、自信がないなどとは言っていられない。このチャンスは、なんとしてもものにしなければならない。

「こころさん」

バッターボックスに向かうこころの背中を、洋太《ようた》が呼び止めた。

「え？」

「あの、これ、使ってみたら……」

洋太《ようた》は遠慮《えんりょ》がちに、持っているバットを差し出した。

「さっきの打席、ちょっと振《ふ》り遅《おく》れてるかもと思って……」

洋太は顔を赤らめて、言った。

「これ、軽いから……」

洋太は、自分が手にしているバットに目をやった。

「これは……？」

こころが、聞き返す。

「ぼ、ぼくの……。使わないのにこっそり持ってきた……」

洋太は恥《は》ずかしそうに目を伏《ふ》せた。

「力ないからさ、部のよりも軽いの持ってるんだ」

「借りていいの？」

「使ってもらえば、持ってきたかいがあるよ」

洋太ははにかんだ笑顔《えがお》を見せた。

「ありがと」

こころは洋太《ようた》からバットを受け取り、自分が持っていたものを洋太に手渡《てわた》した。借りたバットで一振《ふ》りしてみる。確かに軽い。いつも使っている部の一番軽いバットより、楽に振れる感じがした。

(いいかも……)

こころは、洋太のバットを持って打席に入った。バットのグリップから洋太の手の感《かん》触《しょく》が伝わってくるような気がした。

(これ、用意して来たんだ……)

バットをぎゅっと握《にぎ》って、洋太を見つめた。

目が合った洋太はこころに向かって笑顔でガッツポーズをした。

(絶対に打つ!)

洋太の分まで、このバットで打ってやる。

こころは精神を集中させて、ピッチャーをにらんだ。

ピッチャーが、第一球を投げ込《こ》んできた。低めぎりぎりの直球。思い切って、こころはバットを振った。

キンと、球がバットをかする音。手がしびれる。球はふわりと浮《う》いて後ろへ飛んだ。ファールチップ。球の底に当ててしまった。

（まだ少し、振《ふ》り遅《おく》れてる……）

でも、感じとしては、なんだかいけそうな気がした。

（一瞬《いっしゅん》、早く振り出して……。もうちょっと球の上をたたくように……）

打席から外《はず》れて、さっきよりさらに短く持って、数回素振《すぶ》りをした。頭の中でイメージを繰《く》り返す。

第二球が来た。また、低めだ。低すぎる。こころはバットを止めた。

「ボール」

審判《しんぱん》の声。

「いいぞ、よく見た」

仲間の歓声《かんせい》が、聞こえた。

（きっと、次が勝負だ……）

ピッチャーと目が合った。

（来いっ）

こころはきゅっと口を結んだ。

球が走ってきた。内角、高め。胸元《むなもと》の打ちづらいところをついてくる。こころはバットを振《ふ》った。

キンッ。バットが球をとらえた。ぐっと球の重みを感じたが、振り抜《ぬ》いた。球は宙に浮《う》きあがるように飛んだ。勢いなく飛んで、しかし、内野手の頭を越《こ》えた。ショートがあわてて後ろに下がり、レフトがダッシュして突《つ》っ込《こ》んできたが、その二者の間にうまくぽとりと落ちた。

「走れっ」

三塁側《さんるいがわ》ベンチの声が聞こえた。

こころは無我夢中《むがむちゅう》で走った。絶対セーフになってやるっ。無意識のうちに飛び込《こ》んでいた。

ユニフォームの胸と腹が、土にこすれる。土ぼこりで何も見えなくなった。伸《の》ばした指先が、一塁ベースに触《ふ》れていた。

「セーフ」

審判《しんぱん》の声が、土ぼこりの中に聞こえた。

しかし、球は一塁《るい》には来なかった。

(あれ、滑《すべ》り込《こ》まなくてよかったのか……)

こころはきょろきょろ、周りを見た。

突然《とつぜん》、「バックホーム」という相手の声がした。

こころははっとして、振《ふ》り向いた。その目に、三塁を駆《か》け抜《ぬ》けて、ホームに突進《とっしん》していく村田《むらた》さんの姿があった。そして、スライディング。立ちはだかるキャッチャーに球が返ってきた。キャッチャーがタッチするのと、ランナーがベースへタッチするのとが同時に見えた。一瞬《いっしゅん》、静まった。会場の視線が、審判《しんぱん》に注がれる。

「セーフッ」

両腕《りょううで》を広げて伸《の》ばす審判が見えた。

「やったあっ」

三塁側ベンチが、沸《わ》いた。

「すごいっ。ナイスバッティングッ」

洋太《ようた》の声が、聞こえた。

こころは立ち上がり、洋太にガッツポーズを返した。

これで、二対二の同点となった。一気に試合の流れをこちらに持ってきたいところだったが、次の一番原田《はらだ》さんはショートゴロで、二塁《るい》でこころがアウト、一塁もアウトで、ゲッツー。あっさり攻撃《こうげき》は終わってしまった。

その後、二対二のまま、試合は拮抗《きっこう》し、最終回にもつれ込《こ》んだ。哲平《てっぺい》は初回の立ち上がりにかなり苦戦したものの、その後はすっかり調子を上げ、相手打線を抑《おさ》え、得点を許さなかった。

そして、最終回、裏の攻撃となった。この回に一点でも取れば、サヨナラ勝ちだ。

「守りより攻《せ》めの方が、強い。この回が、最大のチャンスだ」

小田原《おだわら》先生はみんなを見回して、落ち着いた声で言った。

「全員の力をぶつけていくんだ」

「はいっ」

十人が、声を上げた。

打順は、今日一本ヒットを打っている五番堂島《どうじま》さんから。何としても出塁《しゅつるい》してほしいところ。みんなの願いを受けて、キャプテン堂島さんは打席に立った。カキンッ。大きい当たりがレフトへ飛んだ。シングルヒット。よっしゃあっ。ベンチが沸《わ》いた。堂島さんは一塁《るい》で、ベンチに手を振《ふ》った。

六番大田《おおた》も続いた。低めの球をうまく合わせて、ライトへ抜《ぬ》けるゴロ。その間に、堂島さんは激走し、三塁を奪《うば》った。これで、ノーアウト、一、三塁。

「すごい、すごいっ」

洋太《ようた》は転がったバットを片付けながら、みんな以上に喜んだ。

亀《かめ》が丘中《おかちゅう》は、押《お》せ押せムードとなった。あと一本、ヒットが出れば、勝利は確実だ。

(村田《むらた》さん、がんばって)

こころは手を組んで、祈《いの》った。

ところが、七番村田さんはピッチャーゴロでアウト。八番佐々木《ささき》は、スクイズバントの作戦に出たが、失敗し、キャッチャーフライとなって倒《たお》れた。これで、あっという間にツーアウトとなってしまった。そして、九番こころに打順が回ってきた。

（せ、責任重大だ……）

大きく深呼吸して、バットを握《にぎ》り直した。洋太《ようた》から借りたバット。グリップが汗《あせ》でべっとりぬれてしまっている。

（どんな作戦か……）

こころはちらりと、ベンチの小田原《おだわら》先生をうかがった。ヒットエンドランでいくか、スクイズバントでいくか。先生からは、まだ作戦指示のサインは出ない。ツーアウトという状況《じょうきょう》だから、慎重《しんちょう》になるところだ。こころに責任が重くのしかかる。

（思いきっていくしかない）

どんなサインが出ようと、思いきるしかないと思っていた。

バッターボックスに向かおうとしたこころのところに、哲平《てっぺい》が近づいてきた。

「ちょっと」と、哲平がこころを呼び寄せた。

「あの、次、代わってもらっていいか……」

哲平がささやいた。

「え？」

緊張《きんちょう》していたこころは、びっくりして哲平《てっぺい》を見た。

「洋太《ようた》に」

「……」

「あいつにスクイズ任せたらどうかな……。バント練習してきたんだ。先生にはおれから頼《たの》んでみる」

哲平は、手短《てみじか》にそれだけ言った。

あっと、こころは思った。哲平と洋太が二人で川原の公園でバント練習をしていたことを思い出した。バッティングが苦手な洋太は、代打で使ってもらうためにバント練習をしていたのだ。

「この場面、代打となれば、向こうは必ず打ってくると思うはずだ」

哲平が、言った。

（なるほど）

その裏をかいて、バント練習を積んできた洋太を代打に立てるという作戦か。洋太にとっても、これほどいい場面はないと思った。自分なんかより、ずっと得点チャンスが広がるはず。

「わかった」

こころは、うなずいた。

「よし」

哲平《てっぺい》はすぐにベンチに駆《か》け戻《もど》り、小田原《おだわら》先生に話をした。

短時間で、先生はうなずいた。そして、表情も変えずにゆっくりした足取りで審判《しんぱん》のところへ行き、メンバーチェンジを申し出た。

「えっ、えっ」

哲平が近寄り洋太《ようた》に話すと、洋太はびっくりして取り乱した。

「頼《たの》むぞ、洋太」

「思いきりやれよ」

みんなの声援《せいえん》を受けて覚悟《かくご》したのか、真剣《しんけん》な顔でうなずいた。

「いいの……?」

洋太《ようた》はすまなそうに、こころに聞いた。

「頼《たの》むね」

こころは笑顔《えがお》で洋太の目を見て、借りていたバットを差し出した。グリップの汗《あせ》は、ユニフォームできれいにぬぐった。

洋太は口もとを締《し》めて、ぐっとうなずき、こころからバットを受け取った。

「かっ飛ばせよ、洋太」

「おれたちの秘密兵器だからな。ホームラン、頼《たの》んだぞっ」

みんな口々に、相手ベンチに聞こえるくらい大きな声で声援《せいえん》を送った。

洋太はみんなの方も見ずに、握《にぎ》ったバットをじっと見つめている。そして、一振《ひとふ》り、二振りして、静かに打席に入った。そして、高々とバットを上げて、打つ構えをとった。

相手チームは緊張《きんちょう》した様子で、洋太を見つめた。強打者なのか、それとも、まさかスクイズで来るのか。こちらの作戦を読み切れないでいる様子だった。

しいんと静まる中、ピッチャーがセットポジションから、第一球を投げてきた。スクイズを警戒《けいかい》してか、外角高めのボール球。しかし、洋太は、動かなかった。三塁《るい》ランナーの堂島《どうじま》さんもリードから戻《もど》った。第二球め、再び外角高めにボール。洋太《ようた》は動かない。打席を離《はな》れて、二回素振《すぶ》りをして打席に戻った。洋太は一度もベンチの小田原《おだわら》先生を見ようとしない。小田原先生は無表情で、洋太を見守っているだけだ。

（スクイズのサイン、見なくていいのかな）

こころは、心配して打席に立つ洋太の背中を見つめた。まさか、緊張《きんちょう》しすぎて、スクイズすることを忘れてるんじゃないのかと、不安になった。

第三球目、ピッチャーはストライクを取りに来た。その瞬間《しゅんかん》、三塁《るい》ランナーの堂島《どうじま》さんが走った。

（セイフティースクイズだっ）

こころは、瞬間に思った。そうか、自分の知らないところで三球目と決めてあったんだ。サードは、ランナーのダッシュに気づいて、あわてて追いかけるようにダッシュした。ピッチャーも投げた後に、気づきあわててマウンドを駆《か》け下《お》りた。

洋太は素早《すばや》く身をかがめて、バントの構えをとった。顔をバットに寄せる。コツン。柔《やわ》らかい音がした。球は勢いを吸い取られて、地面にぽとりと落ちた。一塁線のフェアグラウンドに転がった。

「うまいっ」

三塁側《さんるいがわ》ベンチから歓声《かんせい》が起こった。

ピッチャーが転がる球をグラブで拾い上げ、そのままホームのキャッチャーに放った。

しかし、球の方向がずれて、キャッチャーが体勢を崩《くず》した。足がホームベースから離《はな》れた。

その間に、堂島《どうじま》さんが勢いよくホームベースに飛び込《こ》んだ。

「セーフ」

審判《しんぱん》の声が聞こえた。

その間に、洋太《ようた》は一塁をかけぬけていた。

「ゲームセット」

終了《しゅうりょう》を告げる声が響《ひび》き渡《わた》った。

「やったーっ」

三塁側ベンチのみんなが飛び出して、土だらけの堂島さんを迎《むか》え入れた。一塁から、ユニフォームを汚した洋太が満面の笑《え》みを浮《う》かべて走って戻《もど》ってきた。

「ナイスバントッ」

「さすが、洋太《ようた》。今日のMVPだぜ」

洋太は、みんなからそこら中をぽこぽこたたかれ、

「やめてよ、やめてよ」と、笑いながら身をよじっている。

こころは、転がっている洋太のバットを拾って、土や砂を払《はら》った。グリップのところに砂が多くへばりついている。洋太がかいていた手の汗《あせ》のせいだ。

（わたしより、いっぱいだ）

さっき打席に立とうとした時、自分も汗でグリップをぬらした。でも、へばりついた砂の量からすると、洋太の緊張《きんちょう》は比べものにならないほどだったに違いない。

（こんなに緊張していて、よくスクイズ、決められたね……）

こころは、思わず、ほほがゆるんでしまった。

ユニフォームで、グリップの砂をていねいにぬぐい、こころがバットを差し出すと、洋太は「ありがとう」と、受け取った。

「やったな」

哲平《てっぺい》が、近寄って洋太《ようた》に言った。

「うん」

洋太は大きくうなずいた。そのとたん、洋太の目から大粒《おおつぶ》の涙《なみだ》があふれ出て、グラウンドにぽたぽたと落ちた。洋太の顔がくしゃくしゃになった。その頭を哲平が、ぽこんとたたいた。哲平の目も赤くなっていた。それを見ていたこころの目からもいつのまにか涙があふれ出ていた。

両校が整列し、礼をした。三対二で勝利し、亀《かめ》が丘《おか》中学校は市内大会の第一回戦を勝ち上がった。

あとがき

「ただいま」

玄関《げんかん》を開けると、お店の方から、「お帰り。がんばったな」と、とうさんの声。

「えっ？」

と、ぼく、びっくり。お店の方へ行って、のぞきました。

「試合、勝ったんだろ。洋太《ようた》のサヨナラ・スクイズで」

調理場のとうさんが、笑顔《えがお》で言いました。

「え、試合、見に来たの？」

お店あるから、応援《おうえん》には行けないって、とうさん、今朝言ってたはず。

「いや、行けなかったけどな」

とうさん、ちょっと残念そうに言ってから、「けど、その場面、しっかりと聞かせてもらったぞ」と、満足そう。

「どういうこと?」

ぼく、首をかしげると、とうさんは、前のカウンターに一人だけ座《すわ》っているお客さんに目をやりました。

「よっ。スーパー・ヒーローッ」

その人、ぼくと目が合うと、手にしたグラスを掲《かか》げました。

「かんぱーいっ」

とうさんもビールの入ったグラスをその人のグラスに、カチンと当てて、二人ともビールをぐびっと飲みました。けっこう赤くなってるその人の顔を見たら、あっと、思い出しました。

「ええと……、横沢《よこさわ》さん……?」

「おっ、やっと覚えてくれたね。ま、もう三巻《かん》目だからな」

横沢さん、うれしそうに言いました。ぼくらのこと、書いてる作者。

「おまえの活躍《かつやく》をわざわざ報告《ほうこく》に来てくれたんだ。作者さんから聞いたんだから、ほんとなんだろ? 見たかったなあ、洋太《ようた》がバント決めるところ」

とうさんが、言いました。

「これ、本になったら、じっくり読んでください。けっこう、ぐっときますよ」

横沢《よこさわ》さん、原稿《げんこう》の束《たば》を手に持って上機嫌《じょうきげん》で言いました。

(自分で自分の作品ほめてる……)

ぼく、黙《だま》って横沢さんを見つめました。

「こいつは運動が苦手で、けど、野球だけは大好きでさ、やめようとしないんだよ。補欠《ほけつ》になったけど、試合に使ってもらえて良かった。ありがとう」

とうさんが、言いました。

「あの時、ぼくがネット裏《うら》で試合見てたら、哲平《てっぺい》くんがやってきたんです。それで、『なに、ぼーっと見てんだよっ。洋太《ようた》が代打に出るんだよ。大事なとこじゃん、細かくメモしてちゃんと書いてよっ』って、興奮《こうふん》してネットにつかみかかってきたんです。そして、『洋太のバント練習、見てなかったの? この時のためにあいつ、ずっと練習してきたんだよっ。へたくそでもがんばってるやつのこと、書かないでどうするんだよっ』って」

横沢さん、その場面を思い出すように、言いました。

「その通りだと思いましたよ。哲平《てっぺい》にやられたなあ……」

嬉《うれ》しそうに笑って、ぐびっと、またビールを飲みました。

（哲平が……）

そんなこと作者に言ってたなんて、知りませんでした……。

「でも、チャンスをものにしたのは、洋太《ようた》くん自身のがんばりだよな」

横沢《よこさわ》さんに見られて、ぼく、恥《は》ずかしくてちょっと目をそらしました。

「うん。たしかに……」

とうさん、ちょっと涙《なみだ》ぐみました。

（なんか二人とも、ほろ酔《よ》いになってる）

とうさん、これからお客さん入ってくるというのに、だいじょうぶかなあ。ぼく、こんな所にいたくないから、家の奥《おく》へ入ってしまおうとしたら、「ちょっとちょっと」と、横沢さんに呼《よ》び止《と》められました。

「これこれ」

横沢さん、何枚《なんまい》かの原稿《げんこう》用紙を差し出しました。

「え?」と、ぼくが、ぽかんと、してると、

「あとがきだよ。これ書かなきゃ、本にならないだろ」

当然のことのように、横沢《よこさわ》さん、言いました。

「え、だれが?」と、ぼくが聞くと、

「だれって、そんなの決まってるじゃん。スーパー・ヒーローのきみだよ」

と、横沢さん。

「ええっ、あとがきは作者が書くんじゃないんですか」

「そんなかたいこと言わないで、頼《たの》むよ。おれ、あとがき苦手でさ」

横沢さん、情《なさ》けなさそうに、へへへと笑いました。

(なあんだ、あとがき書いてもらいたくてやってきたんだな)

横沢さんの魂胆《こんたん》、見え見えです。

「ぼくだって、宿題もあるし……」と、ぼくがしぶったら、

「ちょろちょろっと、書いてくれればそれでいいからさ」

と、横沢さん、言ってきました。

「そんないいかげんな感じでいいんですか」

「いや、それは困《こま》るけど……」

「まあ、洋太《ようた》、書いてやれよ。今日の試合の感想なんかでもいいんだろ」

「あっ、さすがおとうさん。それそれ、それでいい」

「本になりゃ、おまえのサヨナラ・スクイズが世の中の人に読んでもらえるんだぞ」

とうさんまで、酔《よ》っ払《ぱら》ってきたみたい。

「わかったよ、わかったよ」

めんどくさいから、原稿《げんこう》用紙を受け取って、自分の部屋に入りました。それで、今、これ、書いているところです。

横沢《よこさわ》さん、さっき、「チャンスをものにしたのは洋太くんのがんばりだ」って言ったけど、そうかなあ。ぼくは、哲平《てっぺい》やこころさんや仲間のおかげだと思っています。野球って、そうだから、ぼく、好きです。じゃ、こんなとこで、あとがき、終わっていいですか。またねーっ。

亀《かめ》が丘《おか》中学校野球部　一年　森《もり》　洋太

横沢《よこさわ》　彰《あきら》
1961年新潟県糸魚川市生まれ。『まなざし』で日本児童文学者協会新人賞受賞。作品に『地べたをけって飛びはねて』『いつか、きっと！』『ハミダシ組！』「スマッシュ！」シリーズ（全８巻）『ナイスキャッチ！』Ⅰ・Ⅱ（いずれも新日本出版社）、『スウィング！』（童心社）などがある。日本児童文学者協会会員。全国児童文学同人誌連絡会「季節風」同人。

スカイエマ

東京都生まれ。児童書の作品に『ナイスキャッチ！』Ⅰ・Ⅱ『林業少年』（共に新日本出版社）、『翔太の夏』（旺文社）、『ぼくがバイオリンを弾く理由』『ぼくとあいつのラストラン』『ひかり舞う』（いずれもポプラ社）、『テッドがおばあちゃんを見つけた夜』（徳間書店）他がある。2015年講談社出版文化賞さし絵賞受賞。

ナイスキャッチ！　Ⅲ

2018年７月30日　初　版
2020年11月10日　第２刷
NDC913 174P 20cm
作　者　横沢　彰
画　家　スカイエマ
発行者　田所　稔
発行所　株式会社新日本出版社
〒151-0051　東京都渋谷区千駄ヶ谷4-25-6
営業03(3423)8402
編集03(3423)9323
info@shinnihon-net.co.jp
www.shinnihon-net.co.jp
振替　00130-0-13681
印刷・製本　光陽メディア

落丁・乱丁がありましたらおとりかえいたします。

ISBN978-4-406-06181-0　C8393　Printed in Japan